S. Pomej

Gefährliche Gefährtin

"Vergiss Sicherheit. Lebe, wo du
fürchtest zu leben. Zerstöre deinen Ruf.
Sei berüchtigt." - Rumi, persischer
Dichter, 1207-1273

Vorwort

Täglich spielen sich Dramen ab,
deren Ausmaß zu gering für eine
Zeitungsmeldung ist, oder so groß, dass
sie von gewichtigen Personen
unterdrückt werden. Mancher Bericht,
der sich nur als Zweizeiler in die
Tageszeitung verirrt, ist spannend und
lässt auf eine ausführlichere
Fortsetzung hoffen, die jedoch nicht
erfolgt. Meist aus denselben Gründen.
Die folgende Story hätte in jeder
Zeitung unter dem Titel *Einbruch in
Forschungslabor* erscheinen können.
Tat sie aber nicht...

1. Ein unmoralisches Angebot
In dem Labor herrschte ein Chaos,
das den Betrachter annehmen ließ, ein
wütendes Versuchstier hätte auf seiner
kopflosen Flucht viel Schaden
verursacht. Zerbrochene Phiolen,
Glasstreifen und Petrischalen lagen auf
dem Boden verstreut herum, farbige

Flüssigkeiten zerliefen ineinander und bildeten eine bunte Lache fast wie das gewollte Schüttbild eines Künstlers, ein Mikroskop steckte wenig dekorativ in einer zersplitterten Milchglasscheibe an der Wand, überdies verpestete ein scharfer Geruch die Luft - kurzum: ein Schreckensszenario wie nach einem Bombeneinschlag. Dazwischen bewegten sich zwei Männer in dunklen Anzügen vorsichtig herum, immer bedacht darauf, nirgends hineinzutreten, dennoch knirschten leise unter ihren Schuhsohlen Glasscherben. Ihre Mienen zeigten eine Mischung aus Wut und Ekel. Der Ältere der beiden wischte sich mit einem Papiertaschentuch über die Stirne und räusperte sich, bevor er zu sprechen begann.

"Das kleine Biest hat sich hier gründlich ausgetobt."

"Könnte man auch als kreatives Chaos bezeichnen."

"Lass deine Ironie, Brugge. Konntest du sie orten?"

"Sicher, sie bewegt sich mit hohem Tempo Richtung Innenstadt. Vermutlich in der U-Bahn, da sie ja kein Auto hat."

"Wenn ich daran denke, dass diese kleine Kanaille in ihrem Bewerbungsbrief schrieb, sie hoffe, ein nützliches Mitglied unserer

Gemeinschaft zu werden..."

"Aber Boss, in dem Wort *Gemein*schaft steckt doch schon das Wort gemein drin. Sie hat also auch Sinn für Ironie. Ich war ja gleich dagegen sie einzustellen, schon weil sie denselben Namen wie der bissige Hund meiner Schwester hat. Doch Sie wollten ja nicht auf mich hören!"

Dafür fing sich der Jüngere einen bösen Blick ein.

"Tschuldigung..."

"Anzunehmen, dass sie auch die Daten kopiert hat."

"Das glaub ich weniger, dazu ist sie zu jung und zu blöd."

Erneut traf ein böser Blick Brugge. "Unterschätze nie deinen Gegner, auch wenn er noch jung ist! Das bist du ja selbst!"

"Wenn ich den Schaden angerichtet hätte, wäre mein Smartphone längst aus!"

Beifälliges Nicken. "Also schalte sie aus, bevor sie ihr Handy ausschaltet!"

"Mit Vergnügen!"

Weit davon entfernt harrte Jonas am runden Tisch im Besprechungszimmer der Ankunft seines Chefredakteurs. Dieser hatte ihm schon vorgestern angekündigt, dass er ihn heute wegen einer heiklen Sache zu sprechen wünscht.

Puh, dachte Jonas, das wird wieder

eines dieser unangenehmen Vier-Augen-Gespräche, nur muss ich zuerst die übliche Redaktionssitzung überstehen, die sich immer so anfühlt, als sitzt man auf einem Fakirbett mit zu vielen Nägeln drin. "Wenn Riasek die Redaktion betritt, stöhnen die Mauern auf, wenn er spricht, löst sich Verputz von den Wänden", scherzte Kollege Richard Peckinger, der neben ihm saß. "Hast du heute wieder deinen lyrischen Tag, Ritschi? Werde doch Schriftsteller", schlug ihm Jonas vor, wobei er sich seinen blauen Hemdkragen etwas aufknöpfte. "Wo unser verkommenes Schulsystem nur noch Analphabeten züchtet?", schüttelte dieser energisch sein Haupt. "Da kann ich jetzt im Winter nicht einmal die Heizkosten von den Tantiemen bestreiten. Nein, Johnny, ich bleib lieber bei dem Verbreiten von Fakten, die ich manchmal ein bissl ausschmücke." Der Eintritt des Chefredakteurs stoppte den Beginn einer weiteren sozialkritischen Betrachtung. Anfangs war es etwas schwierig mit ihm, danach die Hölle. Der Alte und die Küchenschaben werden einmal den 3. Weltkrieg überleben, sagte Jonas oft zu Freunden.

Der unbeliebte Vorgesetzte, ein

Choleriker namens Riasek, nahm am Kopfende des langen Tisches Platz und wollte die Redaktionssitzung mit einem Witz eröffnen: "Also der beste Ort, um hierorts ein Geheimnis zu verstecken, ist die Leserbriefseite von 'Die Presse am Sonntag'."

Wie so oft lachten nur einige, die sich von seiner Gnade abhängig fühlten, darunter auch Jonas eher gequält. Kollegin Ilona Kwonka wieherte pflichtgemäß und Kollege Josef Teleschko schnaubte vergnügt. Nach der Besprechung von redaktionellen Themen, den üblichen, eher verhaltenen Worten des Lobes und den harten Sätzen der Kritik wurde es still.

Riasek sah von einem zum andern Anwesenden, faltete die Hände, streckte unheilvoll die Zeigefinger aus, legte sie an seine Lippen, ehe er salbungsvoll verlauten ließ: "Jericho, ich habe einen Spezialauftrag für Sie! Die andern können alle wieder zügig an ihre Arbeit gehen!"

Das ließen sich diese nicht zweimal sagen und Kollegin Ilona wünschte ironisch noch "VIEL SPASS!", bevor sie hinaus stöckelte.

Nachdem er mit Jonas allein war, kam er gleich zur Sache: "Sie kennen ja unser Konkurrenzblatt, 'Die Presse'."

"Ja, die sind erfolgreicher als wir."

"Eine linke Zeitung!", sagte Riasek

abfällig, während er sich über seinen
Schmerbauch strich.
"Sind wir nicht auch links?", fragte
Jonas verblüfft.
"Schon, aber alles mit Maß und Ziel,
Freunderl! Wenn wir über 'Die Presse'
reden, brauche ich Blutdruck senkende
Mittel." Hemdsärmelig fuchtelte er
herum, erinnerte dabei ein wenig an
Rumpelstilzchen, knapp bevor es sich
selbst in Stücke riss. "Da kommen SIE
ins Spiel, mein Lieber. Sie könnten sich
bei denen ein wenig umsehen, wenn Sie
verstehen, was ich meine..."
Jonas verzog seine Lippen zur
Parodie eines zuversichtlichen
Lächelns, als er hörte, dass er für die
Zeitungsmacher, denen er seine
Arbeitskraft verschrieben hatte, nach
einem spontanen Einfall des sich für
genial haltenden Chefredakteurs bei
der Konkurrenz spionieren sollte.
     Das erinnerte ihn daran, was seine
Oma bei solchen Gelegenheiten immer
sagte: 'Lach einfach auf Kredit!
Irgendwas wird schon dabei
rauskommen. Immerhin hast ja noch
eigene Zähne!', wobei sie immer gleich
vorbildhaft losprustete.
     Unter vier Augen erklärte ihm Riasek
haarklein, wie er sich seinen Einsatz so
vorstellte und gab, als er Jonas'
Widerstand spürte, dabei sogar Privates
preis: "Ja, ja. Ich war auch schon mal

in der Bredouille, und zwar als ich leider verheiratet war. Fast 13 Jahre lang - aber Kriegsjahre zählen bekanntlich doppelt -, eine wahre Unglückszahl. Man ist immer schuldig, zumindest mitschuldig. Hab' eh lange versucht, alles wieder gut zu machen. Und ich habe ein Exemplar erwischt, das noch dazu total unverdaulich war."

"Ach was, sind Sie ein Kannibale, Chef?"

"Sie haben leicht lachen! Naja, eines Tages sagt meine Ex, sie kennt da einen Typ, mit dem sie nochmal von vorn anfangen möcht'. Ich dachte, es genügt vollkommen, wenn einer von uns sein Leben vergeigt und hab mich nur noch beruflich engagiert. Und siehe da - schwuppdiwupp - war ich auf einmal Chefredakteur! Sie sind doch solo, Jericho, kein Weib keift Sie blöd beim Heimkommen an und verhört Sie, wo Sie so lang gewesen sind, oder?"

"Nein. Höchstens meine Oma!"

"HAHAHA, Sie gefallen mir Jericho, immer von Humor beseelt und zu einem guten Witz fähig, bravo! Und ich bin mir sicher, dass Sie auch bei unserem Konkurrenten damit leicht Eindruck schinden und ihn für uns aushorchen können, ohne dass er es merkt!"

"Was soll ich denn dort ausspionieren?", stellte sich Jonas

dumm.

"Leichen im Keller", schwärmte Riasek mit Glanz in den sich vergrößernden Pupillen. "Geheime Chats mit Politikern, Verstrickungen von Redakteuren oder *lieben* Redakteurinnen in Kuhhändel mit Lobbyisten, Korruption und Co. - das wären Schlagzeilen! Das blöde Gesicht vom eingebildeten Nowak möchte ich dann sehen, hähähäää!"

"Und wenn er mich fragt, warum ich von hier weg will, sage ich, mit Ihnen gäbe es kein Auskommen", zischte Jonas.

"Na, das wird er eher nicht glauben. Sagen Sie besser, es gäbe kleine Diskrepanzen über die Frage Ihrer Leistung."

"Und das wird er eher glauben?"

"Ja, das hab ich im Urin, oder feiner ausgedrückt: meine Abwasseranalytik meldet mir Ihren bevorstehenden Erfolg!"

Naja, dachte sich Jonas, meine Neugier hat ja schon zu einigen einzigartigen Begegnungen geführt, hätte ich überdies noch so eine Abwasseranalytik installiert, wer weiß, was aus mir geworden wäre...

"Also, was ist?", riss ihn Riasek aus seinen Gedanken. "Kann ich mit Ihrem Spionage-Einsatz rechnen?"

"Jawohl, es bleibt mir ja nichts

andres übrig", stimmte Jonas schweren Herzens zu. "Ich mache mich gleich an eine originelle Bewerbung samt Lebenslauf."

"Na also!" Riasek grinste zufrieden. "Und vergessen Sie nicht, in dem Text fleißig Lobeshymnen auf das sich für elitär haltende Revolverblatt zu singen!"

2. Wiener Brut

Wien sah selten so aus wie es auf Ansichtskarten gezeigt wurde. Zäher Verkehr, vollgestopfte Kreuzungen und natürlich überall rote Ampeln, wie hasste Jonas die Stadt, wenn er es gerade eilig hatte. Nach der Nachricht über den heiklen Auftrag, brauchte er erst einmal eine kleine Aufmunterung und fuhr dazu mit dem Bus wieder in seine Wohnung, um dort ein wenig Promille zu tanken.

Kaum daheim schenkte sich Jonas einen Gin pur ein, um sich kurz selbst zu finden. Natürlich blieb es bei seinem Selbstfindungsprozess nicht nur bei dem einen Glas. Stunden später erwachte er im Bademantel, der Nacken tat ihm weh - wahrscheinlich wieder ein Nerv eingeklemmt -, zwischen Küchentisch und Hocker hängend. Auf seinem iPhone waren sieben Nachrichten von seiner Oma, die chronologisch immer unfreundlicher wurden, bis auf die Allerletzte. Da ging sie davon aus, dass ihm echt etwas ganz Schlimmes passiert sein musste, weil sonst... sie machte sich Sorgen. Sein Gefühl der Ohnmacht wieder einmal alles falsch gemacht zu haben, war raumfüllend, er füllte das Ginglas erneut, besann sich allerdings rechtzeitig, es nicht auszutrinken und überlegte sich, mit welcher plausiblen Ausrede er seine Oma bedenken könnte, da er sich eine Woche nicht bei ihr gemeldet hatte. Er ließ die unterschiedlichen Szenarien seinen Kopf durchlaufen: 1. Autounfall! Der müsste aber sehr schwer gewesen sein und weder sein Auto noch er hatten sichtbare Verletzungen, vor allem, weil sein fahrbarer Untersatz noch in der Werkstatt stand. 2. Im Aufzug stecken geblieben, aber etliche Tage lang... unglaubwürdig. 3. Er sei verhaftet worden, weil ??? Ausgeschlossen, denn für ihn hätte keiner Kaution hinterlegt, ging also auch nicht! Schließlich gewann die ebenfalls schwache Ausrede, dass ihn jemand ganz unabsichtlich im Keller eingesperrt hatte und sein Klopfen bis jetzt ungehört blieb. - Aber seine Oma hatte zu viel Lebenserfahrung und kannte ihn zu gut, als dass sie ihm das geglaubt hätte.

Er verflüssigte diese Erkenntnis mit einem großen Schluck Gin und dachte:

Es heißt, wer es nicht schafft loszulassen, versucht mit Trinken diesen Zustand zu verflüssigen. Es ist nicht Wasser oder Tee gemeint, es funktioniert nur mit Alkohol. Also prost!

Nach einem Glas voll Promille gab er sich einen Ruck und rief sie zurück, die eben dringend wissen wollte, was denn mit ihm los sei und spontan log er: "Liebeskummer! Sie fehlt mir so! Sie fehlt mir so und ich will eigentlich nur bei ihr sein. Der Engländer nennt es 'frantic scramble'. Ich wollte mich schon entleiben, aber es gibt noch so viel zu erleben, so viele Schmerzen noch zu erleiden. Einer muss ja, ... für die Sünden der Welt, du verstehst."

"Na Gott-sei-Dank", sagte sie erleichtert, "ich dachte schon, du hast berufliche Schwierigkeiten oder finanzielle, so wie ich, denn mein Zahnarzt hat mir nämlich die Summe eines BMWs abgeknöpft. Aber über deinen Rückfall in die Pubertät brauch ich mir keine Sorgen machen."

Hast du eine Ahnung, dachte er bedrückt, wenn du wüsstest, dass man mich eben zu einem Spion befördert hat, dann würdest du kein Auge vor Angst um mich zutun können.

"Also ist nichts los bei dir, Burli?"

"Kaum, außer, dass ich wieder mal vergessen habe, Kaffeefilter zu kaufen."

"Ich gebrauchte anstatt eines Kaffeefilters schon mal den Hochzeitsschleier meines alten Brautkleides", ätzte Oma. "Ja, sowas hab ich leider nicht daheim." "Na, dann heirate doch eine nette junge Frau", schlug sie vor. "Nein danke, da kaufe ich mir lieber so eine Kapsel-Kaffeemaschine." Schnell entschloss er sich zu einem Themenwechsel. "Und, was treibst du so, Oma?" "Ich konnte gestern nicht schlafen und machte einen langen Spaziergang. Dabei kam ich mit einigen verlorenen Seelen ins Gespräch. Man glaubt ja gar nicht, welche Geschichten mitten in der Nacht auf der Straße erzählt werden." "Und die willst du mir jetzt nacherzählen?", fragte er ziemlich desinteressiert. "Nein, wie kommst du da drauf?" "Tja, also Oma, was wolltest du denn von mir?" "Och nichts, wollte nur nachforschen, ob eh alles in Ordnung ist bei dir", bekannte sie fröhlich. "Und denk nimmer an die Tussi, die dir das Herz gebrochen hat." "Bestimmt nicht, ich mache einen langen Spaziergang in der Natur, bis später, Oma!" Im Prater suchten einige Leute gern mit Metalldetektoren nach alten Patronen aus dem zweiten Weltkrieg Am Donaukanal trieben sich neuerdings viele Magnetfischer herum, angelten verrostete Revolver, E-Bikes, Fahrräder und Einkäufswägen heraus, während in England aus der Themse sogar ein Toter in Handschellen auf diese Weise zum Vorschein geholt wurde.

Trotzdem, in Wien hat man nur zwei Wahlmöglichkeiten: sich entweder vom Stephans- oder vom Donauturm zu stürzen, überlegte sich Jonas, als er durch seine Heimatstadt spazierte. Da erblickte er eine alte Dame, die auf einen Stock gestützt die Schüttelstraße überqueren wollte. Sofort eilte er zu ihr.

"Darf ich Sie hinüber führen, gnä' Frau?"

Empört starrte sie ihn an wie einen Handtaschenräuber: "NEIN! Wollen Sie mir meine Hilflosigkeit demonstrieren?"

"Pardon, ich wollte Ihnen nur über die Straße helfen", entschuldigte er sich.

"DAS BRAUCHEN SIE NICHT! Kaufen Sie sich einen Hund! Den können Sie führen!"

Voll Ingrimm entfernte er sich schnell, wobei sich ein innerer Dialog in seinem Gehirn entspann: Ach, wie gern hätte ich ein aufregendes Leben, so wie meine Kollegen in den USA. Stattdessen schaffe ich es nicht einmal, eine alte Dame über die Straße zu schleifen. Bald würde er sich nach dem langweiligen Leben, das er zu führen glaubte, sehnen...

Daheim erlaubte er sich, sich einen Tee mit reichlich Rum zu genehmigen. Schließlich hielt er es nicht länger aus, zückte sein iPhone und berichtete seiner Oma, seiner einzigen Vertrauensperson, dass er für seine Zeitung bei einer andern spionieren sollte und bereits eine Bewerbung abgesandt hat.

"Ja mein Gott", seufzte sie auf. "Wir müssen uns halt immer nach der Decke strecken! Erinnerst dich noch, wie du dich einmal beschwert hast, dass ich keinen Almdudler daheim hab? Da hab ich dir einen Tropfen 4711 in ein Glas Wasser gemischt und du hast gesagt, so einen guten Almdudler hast noch niemals nicht getrunken!"

Nun musste er herzhaft lachen.

"Oma, du bist eine Wucht!"

"Jaja, Burli, du musst nur ein bisserl erfindungsreich sein und einen Unternehmungsgeist haben, dann kriegst du den Auftrag schon hin und dein wohlverdientes Salär! Jetzt schau dir an, wie sich die Gesellschaft, Industrie, Lebensumstände in 2000 Jahren geändert und immer wieder angepasst hat. Und wie hat die Kirche darauf reagiert? Die Geistlichen haben ihr Tafelsilber geputzt und sitzen wie die Glucken auf ihren Reichtümern, ohne sich einen Millimeter zu bewegen, und lassen den Herrgott einen guten Mann sein. So musst du's auch machen."

"Na gut, Oma, ich melde mich wieder."

Wann ist eine Meldung eine Meldung - oder genauer ausgedrückt: Wann wird sie zu einer? Diese Frage muss sich ein guter Journalist immer wieder stellen. Als solcher wusste Jonas noch aus seiner Zeit an der Uni: Kein Toter im Stadtpark ist erst dann eine Meldung, wenn sonst jeden Tag ein Toter im Stadtpark liegt. Außer man schreibt für ein Satireprojekt. Auf seiner Suche nach einer guten Story für seine Zeitung - so lange er noch bei dieser angestellt war -, stieß er auf dem Blog einer Labortechnikerin, den er gerne las, auf den Hinweis, dass sie ihren Arbeitsplatz total verwüstet vorgefunden hatte. Kurzentschlossen rief er sie an, die Telefonnummer fand er neben einer Adresse unter *Kontakt* auf dem übersichtlich gestalteten Blog.

"Schönen guten Tag, Frau Anna-Molly, mein Name ist Jonas Jericho von der Kleinen Zeitung", stellte er sich vor. "Ich bin großer Fan Ihres Blogs *Oraimlabora*. Heute schreiben Sie etwas von Verwüstung, da dachte ich, wir könnten einen Artikel darüber schreiben."

Ihre Stimme klang von verpöntem Nikotin kratzig: "An und für sich wäre ich dafür, allerdings mein Arbeitgeber dagegen."

"Für wen arbeiten Sie eigentlich? Das haben Sie bisher Ihren Fans und Followern verschwiegen."

"Aus gutem Grund, denn mein Arbeitgeber legt eher Wert darauf, in meinen Beschwerden über die teils schwierigen Arbeitsbedingungen im Labor nicht namentlich genannt zu werden."

"Ja, das glaub' ich schon, da Sie in einem Post auf Ihrem Blog beschrieben haben, auf der Waagschale für die Hirnmasse komischerweise Zellen von Geschlechtsorganen gefunden zu haben, oder so ähnlich", verwickelte er sie in ein längeres Gespräch.

"Hihi, so ähnlich war das", gab sie zu. "Da ist auch nichts dran erfunden. Trotzdem kann ich dazu kein Interview geben."

"Waren Sie es etwa selbst, die ihm Frust über ungerechte Bezahlung weiblicher Angestellter die Einrichtung demoliert hat?", wagte er in scherzhaftem Unterton zu fragen.

"Sicher nicht! Ich für meinen Teil habe hoch gepokert und werde leistungsgerecht entlohnt", behauptete sie glaubwürdig.

"Und die Verwüstung ist jetzt beseitigt?"

"So ziemlich, nur die zerschlagene Fensterscheibe muss noch eingesetzt werden, sonst erfriere ich noch bei meiner Forschungstätigkeit."

"Und einen Wink, woran Sie forschen, können Sie mir auch nicht rüberwachsen lassen?" Hartnäckigkeit gehörte zu den gefragtesten Journalisten-Tugenden.

"Z! Halten Sie mich für total hirnlos? Wer sagt mir, dass Sie nicht ein Spitzel meines Bosses sind?"

"Wir könnten uns doch persönlich zu einem kleinen Umtrunk treffen, dann zeige ich Ihnen meinen Presseausweis", sülzte er.

"Bedaure aufrichtig", lehnte sie ab. "Ich bin ziemlich im Stress, aber danke für die Einladung."

"Wer hat von Einladung gesprochen? Ich kann Sie berühmt machen, da müssten Sie mich doch auf Champagner und Kaviar einladen", versuchte er mit Humor zu punkten.

"Ha, ja sicher, ich fange schon mal mit dem Sparen an, tschüß!", beendete sie das Geplänkel.

Schade, dachte er betrübt, wo ich momentan keine Freundin habe, wäre ein geglückter Annäherungsversuch mir sehr willkommen gewesen, so muss ich leider meine lustvolle Triebbereitschaft weiterhin zügeln...

3. Herz über Kopf

Zu allem Überfluss bekam Jonas Schwierigkeiten auf seiner Social-Media-Seite im Internet: irgendwer hatte über ihn unverschämterweise verbreitet, er wäre ein armer, versoffener, langzeitarbeitsloser Hobby-Journalist mit Esoterikwahn. Dazu hatte dieser Hater ein ziemlich unvorteilhaftes Foto von ihm gepostet. Es schien bei irgendeinem Buffet aufgenommen worden zu sein, denn Jonas hatte gerade ein Brötchen quer im Mund und deshalb ziemliche Hamsterbacken, was - zugegeben - ziemlich lächerlich aussah. Ob er überhaupt ein Mensch sei, fragte der Hater in einem weiteren Post, und wenn ja, dann solle er sich bloß nicht weiter vermehren und einmal würden sie ihm seine Stimmungsaufheller noch in den Sarg legen - zur Sicherheit, falls er nur scheintot war.

Nach einem Schluck aus der Cognacflasche, obwohl es erst halb sieben Uhr in der Früh war, setzte sich Jonas mit durchgestreckter Wirbelsäule vor seinen Computer und postete erzürnt: *Nimm das sofort vom Netz oder ich verklage dich.*

Die Reaktion folgte prompt: *Du bist eine Person des öffentlichen Interesses, komm klar damit, du Weichei.*

Dann machte Jonas den Fehler, sich richtig reinzusteigern: *Dir muss ja furchtbar fad sein in der Wüste der Langeweile. Selbst deine einsame Gehirnzelle im Oberstübchen langweilt sich schon.*

Daraufhin folgten dann Posts, die man als nicht jugendfrei bezeichnen konnte. Das reichte Jonas schließlich und er machte sich auf zum nächsten Polizeirevier, um Anzeige zu erstatten. Dort fiel er aus allen Wolken, als ihm ein freundlicher Uniformierter begreiflich machte, dass man dagegen praktisch nichts tun könne.

"Schauen Sie, Herr Jericho, bei Siff Twitter sind alle Leute, die nichts anderes zu tun haben. Arbeitslos, abgebrannt, geschieden oder nie verheiratet gewesen, fühlen sie sich auf einmal mächtig, wenn sie jemanden erniedrigen können. Es gibt denen innere Befriedigung, jemanden aus sicherer Distanz im Internet zu belästigen. Im realen Leben trauen die Kerle sich feige nicht aus ihrer Hütte raus. Sicher, es ist für Sie sehr unangenehm, doch eine Anzeige kann ich erstens nur aufnehmen, wenn Ihnen gedroht wird, was ja bisher noch nicht der Fall ist, und zweitens bringt das auch nichts, denn die Leute können oft gar nicht ermittelt werden, da sie sich hinter Fake-Namen verstecken, was zur Einstellung der Ermittlungen führt, und drittens sind die ja bettelarm und können Ihnen keinerlei Entschädigung bezahlen. Im schlimmsten Fall müssen'S sogar noch die Prozesskosten tragen."

"Das heißt, ich muss all die Beleidigungen und Gerüchte mit Fassung tragen, was?"

"Blockieren und vergessen, sag ich immer. Sie haben doch bestimmt Wichtigeres zu tun als Ihre wertvolle Zeit mit solchen armen Würstchen zu verschwenden, oder?"

"Stimmt, aber mittlerweile wird mein Arbeitgeber von Leuten kontaktiert, die fragen, warum er so eine Person beschäftigt." Jonas fuhr sich durch sein verwuscheltes Haar und atmete tief durch. Auf dem Revier roch es nach Desinfektionsmittel wie in einem Spital.

"Jaja, das freut diese Ärsche, wenn sie das vernehmen, doch es gibt denen Auftrieb, wenn man sie auszuforschen versucht. Für solch Gestörte ist es der Worst Case, wenn man auf ihre Häme nicht reagiert. Dann suchen die sich ein anderes Hobby oder ein anderes Opfer. Also, was lernen wir daraus? Nicht einmal ignorieren, Herr Jericho, dann verlieren sie die Lust am

Weitermachen!"

"Glauben Sie wirklich?"

"Ich bin lang genug hier, um das genau beobachten zu können", versicherte ihm der Beamte. "Das ist wie bei einem chemischen Versuchsaufbau. Oben tröpfelt man die Flüssigkeit rein und unten kommen ganz viele Reaktionen raus. Ohne Tropfen, keine Reaktion. Ganz einfach!"

"Hm, und wie lange dauert sowas im Durchschnitt?"

"Drei Monate, machen Sie halt Urlaub oder eine lange Reportagereihe. Sie sind doch angeblich Journalist."

"Angeblich? Ich bin es wirklich!"

"Na, dann ist doch alles in Butter."

"Die schlimmste Reise ist die Reise ins Ungewisse."

Darauf wusste der Uniformierte keine Antwort mehr. In seiner Unbeholfenheit zuckte er noch mit den Schultern.

Tief zerknirscht machte sich Jonas auf den üblichen Weg in die Redaktion, wo er noch eine Frage wegen der bevorstehenden Undercover-Aktion bei der Konkurrenz hatte. Beinahe wäre er so ganz in Gedanken versunken bei Rot über die Straße gelaufen. Nach einem kurzen Hupen, sprang er zurück auf den Gehsteig und verharrte vor dem Zebrastreifen. Plötzlich stand eine junge Frau neben ihm, blickte mit großen braunen Rehaugen zu ihm auf. Verschmierte Wimperntusche verriet kürzlich vergossene Tränen. Mit höchstens 1,60 Meter stand sie vor ihm. Ihre Kleidung entsprach der Mode: eine Thermojacke mit Kunstfell- verbrämter Kapuze in Bordeauxrot, Jeans und schwarze Stiefeletten. Verkrampft hielt sie eine graue Umhängetasche fest, ihre Fingerknöchel waren schon ganz weiß.

"Entschuldigung, Sie sehen nett aus, könnten Sie mir helfen?"

Irritiert sah er sie an, er wusste nicht, ob sie nur eine Adresse suchte oder Geld wollte. "Wie denn?"

"Ich weiß nicht, ich bin verzweifelt." Schnell zog sie sich ihre Kapuze über das blonde zusammengeknotete Haar. "Ich war die ganze Nacht unterwegs."

Also doch Geld, dachte er, wollte jedoch nicht unhöflich sein. "Wieviel brauchen Sie denn?"

"Nein-nein, ich brauche kein Geld, ach, jemand hat es auf mich abgesehen, es ist eine Katastrophe. Bitte helfen Sie mir."

"Ich bin nur ein Journalist. Ich glaube, Sie brauchen eher einen Privatdetektiv." Ihr Gesicht erinnerte ihn an die Porzellanpuppe, die immer auf der Bettbank bei seiner Oma gesessen ist, bevor sie diese auf ebay gewinnbringend verkauft hat.

"Es ist ja keiner da - außer Ihnen."
Mit beinahe entsetztem Blick schien sie
ihn anzuflehen.

"Ja, äh, wollen wir in ein Café
gehen?"

"NEIN! Ich könnte durch die Auslage
beobachtet werden."

Oje, die Puppe hat Paranoia, oder es
ist nur ein Trick von ihr, aber wozu?
Jonas überlegte, während sie gehetzt
herumsah, als fühlte sie sich von
irgendjemand verfolgt.

"Tja, ich weiß nicht recht, wo in der
Welt wir sonst hingehen sollen."

Sie seufzte: "Unsere Welt hat leider
viel zu viele Konstruktionsfehler, ist
sehr stümperhaft, fehleranfällig,
schmerzhaft, labyrinth-artig, irgendwie
befremdlich, so unfertig, darin finde ich
mich nicht mehr zurecht!"

"Wollen Sie mit zu mir kommen?"

"Oh ja, bitte."

Gemeinsam gingen sie die kurze
Strecke zu seinem Wohnhaus.
Fieberhaft überlegte er sich, was er
sagen sollte, oder vielmehr, was er sie
fragen sollte. Am besten das
Offensichtliche.

"Sie scheinen sich vor etwas zu
fürchten. Was ist denn passiert?"

"Das glauben Sie mir doch nicht."

Schweigend geleitete er sie zu seiner
Wohnung, befürchtete, dass sie
bewaffnet sei und sich dort plötzlich als

Räuberin zu erkennen gab. Doch kaum eingetreten sah sie sich so ängstlich um wie ein Reh, das in das grelle Licht eines Scheinwerfers starrt.

"Wollen Sie jemand anrufen und meine Adresse durchgeben?"

"NEIN! Ich habe sogar mein Handy weggeworfen."

"Sie haben Ihr Handy weggeworfen?", wiederholte er perplex, so als hätte sie von der eigenhändigen Entfernung ihres Blinddarms mit einer Nagelfeile gesprochen. "Was, wenn ich ein böser Serienmörder bin?"

"Nein, so sehr kann ich mich in einem Menschen nicht getäuscht haben." Ihr Lächeln entblößte eine Reihe perlenweißer Zähne.

"Tja, ich finde es Zeit, uns miteinander bekannt zu machen, mein Name ist Jonas Jericho."

"Mein Name ist Senta. Und ich möchte nicht, dass jemand weiß wo ich bin. Das würde mich und auch Sie in große Gefahr bringen." Sie klang traurig, er merkte es daran, als sich etwas auf ihre feine Stimme presste und sie fast zu erdrücken schien.

"Na, Sie machen es ja spannend. Möchten Sie Tee oder Kaffee?"

"Tee, der hilft mir beim Runterkommen."

"Bittesehr, dort hinten befindet sich mein Badezimmer, wenn Sie sich noch frisch machen wollen."

Rasch legte sie ihre Jacke ab, unter welcher sie einen hellblauen Kaschmirpullover trug, und verschwand in der Nasszelle. Jonas überlegte noch, ob er heute morgen auch die Dusche nach der Nutzung gesäubert hatte, denn es wäre ihm peinlich, wenn ihn sein unverhoffter Gast für unsauber hielte. Auch in der Küche räumte er auf und das schmutzige Geschirr aus der Spüle rasch noch in die Küchenkästen ein.

Beim Teetrinken sahen sie einander schweigend an. Sie hatte ganz feine, porzellanfarbene Haut, wie man sie bei Engländerinnen oft findet.

"Stammen Sie aus England?"

"Nein."

"Was sind Sie von Beruf? Kosmetikerin?"

"Nein, Laborassistentin."

"Aha, ich wette, Ihr Problem hat etwas damit zu tun." Auf ihr Nicken fuhr er fort: "Wenn ich merke, dass jemand so einer liebenswerten Person wie Ihnen etwas antun will, da werde ich zum Engel mit dem flammenden Schwert."

Ihre Miene erhellte sich augenblicklich. "Das hat mein Opa auch immer gesagt, er sagte: Da werde ich zum Flammenschwert. Aber leider lebt er nicht mehr..."

"Oh, das tut mir leid. Kann ich etwas für-"

Das Läuten seines iPhones unterbrach sein Angebot. Es war Chefredakteur Riasek, der so laut reinbrüllte, dass auch Senta es hörte."

"JERICHO! Wo bleiben Sie denn? Wann bequemen Sie sich endlich dazu, in der Redaktion zu erscheinen?"

"Ich komme."

Nun warf sie ihm einen geheimnisvollen Blick zu, der von der Andeutung eines Lächelns untermalt war und in diesem Moment alles bedeuten konnte. Sie erhob sich, doch Jonas drückte sie sanft wieder auf den Küchenstuhl zurück.

"Legen Sie sich einfach in meinem Schlafzimmer hin und versuchen Sie einzudösen, Senta."

"Danke! Darf ich Sie noch bitten, mir aus dem Drogeriemarkt eine ganz billige schwarze Färbepackung für die Haare mitzubringen, wenn Sie wieder nach Hause kommen?"

"Oh nein, Sie wollen Ihr schönes Blondhaar-" Wissend unterbrach er sich selbst. "Natürlich, das mach' ich gern."

"Sie sind ein guter Mensch!"

"Das müssen Sie bei nächster Gelegenheit mal meinem Chef einreden!", forderte er sie mit einem breiten Grinsen auf und machte sich widerwillig auf den Weg zur Arbeit.

4. Enthüllung

Kaum in der U-Bahn-Station glitten seine Gedanken zu seinem für heute vorgesehenen Arbeitspensum. Einige Artikel wollten geschrieben, andere erst recherchiert werden. Im Hintergrund war ein Gemisch aus Schritten und unverständlichen Worten zu hören, untermalt vom quietschenden Bremsgeräusch der einfahrenden U-Bahn. Alles war wie immer, eine graue Masse ohne Rücksicht auf Verluste drängte sich durch die geöffneten Türen und er wurde ein Teil davon.

In der Redaktion angekommen wollte Riasek natürlich den Grund für Jonas' Verspätung wissen. Ganz spontan schilderte dieser ihm die ganze unglaubliche Geschichte in allen Einzelheiten.

"Und jetzt haben Sie diese Fremde einfach allein in Ihrer Wohnung gelassen?", konnte es der Chefredakteur nicht fassen und tippte sich energisch gegen die Schläfe.

"Ja, sollte ich Ihrer Meinung noch einen Babysitter bestellen? Ich kann die arme Kleine doch nicht einfach vor die Tür setzen."

"Jericho, ich hab' Sie ja immer schon für etwas naiv gehalten, besonders für Ihre knapp über 40 Jahre, aber das schlägt jetzt dem Fass die Krone ins Gesicht. Wirklich schade, dass man Sie nicht zwangsintelligentisieren kann."

Oh Mann, dachte Jonas, der ist noch stolz auf seine schrägen Wortschöpfungen. Jetzt lacht er auch noch blöd.

"Haha! Sie sind glatt auf den ältesten Trick der Welt reingefallen. Wahrscheinlich ist die *arme Kleine* längst mit Ihren ganzen Wertsachen über alle Berge."

Da wiederholte Jonas einen Satz, den er zuvor von ihr gehört hatte, da er von dessen Inhalt überzeugt war: "Nein, so sehr kann ich mich in einem Menschen nicht getäuscht haben."

Riasek sprang wild entschlossen auf. "Los, kommen Sie, wir fahren jetzt in meinem Wagen zu Ihnen heim, wenn wir Glück haben, erwischen wir sie noch beim Durchwühlen Ihrer Sachen."

Gesagt, getan. Riasek fuhr wie ein Wilder mit seinem BMW auf der Lände dahin und Jonas bangte auf dem Beifahrersitz einem kommenden Unfall entgegen.

Während er raste, versprühte er noch Gift und Galle: "Das raffinierte Luder hat genau den richtigen Riecher mit Ihnen gehabt. Aber bei der Auswahl von nützlichen Idioten sind die Weiber Spitze!"

"Wenn man Sie so reden hört, Chef,

man könnte fast glauben, Sie wären misogyn."

"Misogyn? Pah, ich weiß nicht einmal wie man das Wort buchstabiert!"

Ja, dachte Jonas, das glaub ich dir aufs Wort, trotzdem bist du die Karriereleiter raufgekraxelt wie ein hyperaktiver Wetterfrosch.

Mit quietschenden Reifen bog Riasek um eine enge Kurve und der zitternde Jonas neben ihm am sogenannten Todessitz sah sich schon im nächsten Spital auf der Intensivstation aufwachen. Doch siehe da, es ging gut, der Chefredakteur fand sogar einen freien Parkplatz direkt vor dem Wohnhaus. Unruhig geworden eilte Jonas im Rekordtempo - gefolgt von seinem grinsenden Chef - in seine Wohnung, sperrte leise die Tür auf und tappte hinein.

"Alles noch so, wie ich es verlassen habe."

Beide gingen ins Schlafzimmer und fanden Senta selig schlafend vor. Abgeschminkt wirkte sie wie höchstens 17. Die Jalousien hatte sie heruntergelassen, doch nur halb geschlossen, was dem Tageslicht ermöglichte, ihr - wie mit dem Lineal gezogen - abwechselnd helle und dunkle Balken aufzulegen. Alle Anziehsachen lagen ordentlich gefaltet am Bettende, wie bei einer

Internatsschülerin.

Flüsternd stellte Jonas zufrieden fest: "Sie haben sich geirrt."

Riasek schnappte sich ihre Handtasche und trippelte mehr oder weniger leise aus dem Raum.

Der Elefant im Porzellanladen findet an ihm einen authentischen Darsteller, dachte Jonas, als er ihm folgte, und schloss vorsichtig die Tür hinter sich, wisperte dann: "He, Sie dürfen doch nicht einfach die Tasche der Kleinen durchsuchen."

Doch sein naseweiser Chef hatte sich schon den Ausweis Sentas aus deren Geldbörse gefischt und las vor: "Senta Athanides - wahrscheinlich griechischer Abstammung -, geboren am 2. Jänner 1999 - knappe 23 also - in Wien. Hmm. In der Börse sind 265 Euro sowie einige Cents und ein gefalteter Zettel."

"Was steht drauf?" Der Stachel der Neugier stach Jonas verständlicherweise ins Fleisch.

"Eine Telefonnummer."

"Spannend, sie beichtete mir, sie hat ihr Handy weggeworfen."

"Wissen Sie was, ich werde mal Detektiv spielen und die Nummer ausspionieren." Schnell schrieb er sich die Ziffern von dem Zettel in sein Notizbuch, tat ihn in die Börse zurück und verließ grußlos die Wohnung.

Jonas tat die Börse zurück in die Handtasche, in welcher sich noch ein prallvolles buntes Schminktäschchen, weiße Handschuhe, Papiertaschentücher, ein Schokoriegel, ein Taschenbuch, ein Stadtplan von Wien, ein großer Schlüsselbund und ein schon halb geleertes Wasserfläschchen befanden, und stellte sie zurück an den Platz neben Senta, die immer noch in tiefem Schlummer lag.

Einen Augenblick lang betrachtete er sie und empfand sie als herrlich frische Prise Parfum in seiner sonst recht unappetitlich riechenden Umgebung. Soviel stand für ihn fest: er hatte es bei ihr nicht mit einer Kriminellen zu tun. Seine aufgrund der ganzen Aufregung aufkeimenden Kopfschmerzen wollte er mit einer Tablette bekämpfen, die er jedoch vergeblich in seiner Hausapotheke im Bad suchte. Also eilte er in die nächste Apotheke, besorgte sich das Medikament und machte - wie versprochen - einen Abstecher in den Drogeriemarkt, wo er ein Haarfärbemittel kaufte.

Die Kassiererin, eine mollige Wasserstoffblondine, wagte ihn zu fragen: "Naa? Kriegen wir auch schon graue Haare?"

"Jaja", erwiderte er. "Man wird halt nicht jünger."

Die Alte hat auch keine eignen
Probleme, ärgerte er sich, dazu traf er
noch die redselige Nachbarin, die ihm
immer den neuesten Tratsch der
Hausgemeinschaft hinterbrachte.
Wessen Hund wann wo am Gang
hingepinkelt hat, weil der Halter
stinkfaul zum öfteren Gassi-Gehen war
und so weiter - furchtbar! Schließlich
konnte er sich doch noch von ihr los
eisen.

Ungeduldig betrachtete er daheim
die in Cola badende Aspirintablette
beim Schäumen, wie der Schaum den
oberen Becherrand überschwemmte.
Ordentlich wie er nun einmal war,
putzte er nach dem Trunk noch die
Tischfläche und stellte das leere Glas in
die Spüle. Ob er wollte oder nicht, er
musste wieder weg. Draußen fand er
nur noch einen leeren Parkplatz,
erinnerte sich seines Wagens in der
Werkstatt, verwarf den Plan, diesen
abzuholen und fuhr wieder per U-Bahn
zurück in die Redaktion, um seiner
regulären Arbeit nachzugehen.
Allerdings ziemlich lustlos.

Inzwischen empfand er es schon
stressig, sich auf die einfachsten Dinge
zu konzentrieren, seine Gedanken
verirrten sich immer wieder nach
Hause, wo ein zarter Engel in seinem
Bettchen schlief...

So gegen Mittag kam Riasek dann zu

Jonas in dessen kleine, liebevoll mit Grünpflanzen bestückte Arbeitsinsel im Großraumbüro, mit einem sehr triumphierenden Ausdruck im Gesicht. "Zum Teil hatte ich recht, Ihre arme Kleine ist so unschuldig nicht."

"Ach wirklich?"

"Ja, wirklich! Ich habe einen guten Freund bei der Polizei, der fand schnell raus, dass Ihre arme Kleine von Ihrer Firma Zelltech Bionic GmbH & Co KG wegen Unterschlagung von 100.000 Euro angezeigt worden ist. Was sagen Sie nun, Sie Retter der Witwen und Waisen?"

"Das glaube ich nicht! Das ist doch nur ein Trick von denen, damit sie ihrer habhaft werden."

"Ja sicher doch, ich wollte auch jemand habhaft werden, der mir 100.000er geklaut hat", grinste Riasek und lachte laut auf.

"Nein, ich meine, die haben das einfach nur behauptet. Sie haben doch auch in die Handtasche geguckt, da waren doch keine 100.000 drin!"

"Na, die Piepen werden sich natürlich in irgendeinem Schließfach befinden. Schließlich lagen in der Tasche doch Schlüssel drin."

"Nein, das kann ich mir nicht vorstellen, diese junge Frau sieht doch aus als könne sie nicht bis drei zählen."

"So sind die Weiber", höhnte der

Chefredakteur. "Durchtrieben bis ins Knochenmark. Und jene, die so unschuldig aussehen, sind oft die schlimmsten Furien. Nehmen Sie sich in acht, Jericho! Lassen Sie sich nur nicht von Ihrer explosiven Eroberung in irgendwelche obskuren Handlungen verstricken."

"Ja, aber wenn sie so durchtrieben ist, wie SIE meinen, dann hätte sie sich doch nicht mit nur 100.000 begnügt. Ein Leben auf der Flucht ist ziemlich teuer."

"Außer sie findet so hilfreiche Herren, wie SIE!", konterte Riasek, der selten um eine Antwort verlegen war. "Sie sind ihrem Kleinmädchen-Charme erlegen, geben Sie's doch zu!"

"Aber angenommen, sie hat wirklich die Summe an sich genommen, dann wäre sie doch längst auf und davon damit, außer Landes, in die Schweiz zum Beispiel", argumentierte Jonas weiter.

"Eventuell ist ihr Pass abgelaufen oder sie hat hier familiäre Bindungen, eine Uroma im Pflegeheim oder einen Onkel im Spital, wer weiß das schon..."

"Im Gesamtbild sieht es tatsächlich so aus, als wäre die Kleine schuldig und ich hätte es noch nicht bemerkt, aber ich fühle etwas für sie, das ich schwer beschreiben kann. Obwohl wir nur zwei Fremde sind, die sich verstohlene Blicke zu warfen, doch für mich war es einer dieser Momente, in denen ich durch die Oberfläche des Lebens blicken konnte. Direkt in die Seele dieser - von wem auch immer - gehetzten Frau, die mich um Hilfe bat."

"Mann Jericho, Sie haben sich schlicht und einfach in sie verknallt und krallen sich jetzt an die Vorstellung, mit ihr ein bürgerliches Leben führen zu können. Immerhin ist sie ja ein Hingucker, vor allem im Bett, wenn sie friedlich wie ein Engelchen schläft. Seien Sie auf der Hut. Ich meine es gut mit Ihnen. Auch wenn ich manchmal etwas ruppig zu Ihnen bin, finde ich Sie sympathisch und in der Redaktion ganz brauchbar. Es täte mir echt leid, wenn Sie einen Unfall hätten, wenn Sie verstehen, was ich meine."

"Oh ja, so schwer ist das ja nicht zu verstehen. Sie glauben, der Mob der Mafia ist hinter ihr her."

"Tun Sie sich selbst einen Gefallen und schmeißen sie die Frau raus. Selbst, wenn diese Firma den Diebstahl der 100.000 Euro nur erfunden hätte, kriegen Sie mit ihr große Schwierigkeiten. Das kann ich Ihnen ohne prophetische Gabe voraussagen."

"Das glaube ich nicht, außerdem kommt mir das mit dem Diebstahl komisch vor, denn die müssen doch damit rechnen, dass sie bei der Polizei

Betriebsgeheimnisse ausplaudert, sobald sie erwischt wird. Und die gibt es in so einem Labor sicher. Die erzeugen dort womöglich gefährliche Mutanten."

"Wer glaubt schon einer Diebin, lieber Jericho? Der Sinn dieser Anzeige liegt wohl nicht nur darin, ihrer habhaft zu werden, sondern sie überdies noch zu diskreditieren, damit sie in keinem andern Labor vorstellig wird, sofern ihr das eine vertragliche Klausel nicht ohnedies verbietet."

Nun wurde Jonas doch nachdenklich. "Naja, vielleicht haben Sie ja recht, ..."

"Habe ich! Und ich rate Ihnen dringend, sich da nicht einzumischen. Es führt immer zu Problemen, wenn man sich mit Frauen einlässt, die einen um Hilfe bitten."

"Jaja, ist sonst noch was?"

Der Chefredakteur schnippte mit den Fingern. "Haben Sie die Reportage über die Heavy Metal-Szene fertig?"

"Natürlich."

"Gut, ist doch immer dasselbe, oder? So ein junger Wixer kauft sich eine Gitarre, geht abends ins Bumslokal spielen, wird entdeckt, kommt zu Starruhm, säuft oder fixt sich halb tot und verausgabt sich bei Orgien mit Groupies, um sich danach mit dem SUV zu überschlagen. Und falls der

Krachmacher nach dem Unfall auch seinen Leberschaden überlebt, reist er nur noch mit Guru und Psychiater herum."

"Ich habe das etwas feiner formuliert, nämlich, dass sich eine Gruppe von ehemals Asozialen zu diversen Bands formte und sich stampfend ins Hörverhalten ihrer Zuhörerschaft einhämmerte. Und außerdem ist meines Wissens zuletzt keiner von den Krachmachern mit dem Auto zu schaden gekommen."

"Egal, das sind alles Süchtige, die dann trocken rocken, und ihr Publikum ist auch nicht viel besser. Von ehrlicher Arbeit haben die alle keinen blassen Dunst, was ich so alles leiste, bleibt unbelohnt und wird nur mit einem Trinkgeld bemessen", echauffierte er sich. "Wenn ich das früher gewusst hätte, wäre ich auch so ein irrer Rocker geworden. Aber mich hätten diese Idioten ja nie auf eine Bühne gelassen."

Typisch, dachte sich Jonas, wie bei allen Leuten, bei denen verspätetes Bedauern anstelle rechtzeitiger Erkenntnis tritt, sind immer die andern schuld.

"Einer hat mir zwei Karten für sein nächstes Konzert gegeben, wollen Sie die haben?"

Schon streckte Riasek gierig die Hand danach aus. "Okay, dann kann ich meiner Alten endlich wieder etwas Kultur bieten. Von mir aus können Sie sich nach Hause verdünnisieren."

In Jonas' Brust rumorte es wie immer, wenn er frisch verliebt war. Mich hat's erwischt, wusste er und grinste selig in der U-Bahn, wobei sich die Dame gegenüber seinem Sitzplatz gereizt zeigte.

"Was lachen Sie mich denn so dämlich an?", herrschte ihn die aparte Frau in mittleren Jahren an, wobei sie sich den Mantelkragen mit einer Hand enger knöpfte.

"Wer, ich? Aber, ich bitte Sie, Gnädigste, ich bin nur glücklich, weil daheim eine aufregende Frau auf mich wartet."

"So? Na, wenn die keinen Bessern finden kann...", zischte sie beim Aussteigen.

Merkwürdig, überlegte Jonas, immer, wenn ich grad glücklich bin, reagiert meine Umwelt wie auf einen steckbrieflich Gesuchten. Aber was soll's, ich bin dem Schicksal dankbar, dass es mir Senta über den Weg geschickt hat. Senta macht mein Leben wieder ... lebendiger!

5. Black Lady

"Schwarz steht Ihnen fast noch besser als blond."

"Danke, ich hab die Länge auch ein

wenig gestutzt", flüsterte sie verlegen und verstummte sofort wieder.

Jonas saß ihr an seinem Küchentisch gegenüber und bemühte sich krampfhaft, ein unverfängliches Gespräch in Gang zu setzen: "Wo haben Sie Ihren letzten Urlaub verbracht, Senta?"

"In Frankreich, Brest, eine herrlich karge Landschaft in der Bretagne mit zerklüfteten Felsen und wilder Brandung. Sternenklare Nächte geben den Blick in eine unendliche Weite frei, da fühlte ich mich wie in einer andern Welt. Entrückt von all den banalen Sorgen, die mich quälten. Besonders eine spezielle Nacht hat sich mir unauslöschlich ins Gedächtnis gebrannt. Eigentlich wollte ich so bald wie möglich wieder hin, aber..."

"Aber?"

"Manche Nächte sind einfach für die Einmaligkeit bestimmt. Manche Orte verlieren ihren Zauber, besucht man sie mehrmals, um verbissen vergangene Abenteuer wiederzubeleben." Beim Erzählen schien die Vergangenheit Gestalt für sie anzunehmen. Ihr nun tiefschwarzes Haar umschmeichelte ihr helles Gesicht und gab ihr den Anschein von Schneewittchen, das sich nach dem Kuss des Prinzen sehnte.

"Hmmm... Was machen Sie denn so in einem Labor als Assistentin? Die

Ratten bespaßen?" Jonas fuhr sich verlegen über die Stirn, hinter welcher sich bereits eine erotische Fantasie mit seinem Hausgast abzuspielen begann.

"Hihi, nein. Sie sitzen an der Quelle der Information und wissen gar nichts über die Vorgänge in einem Labor?"

"Ein Fisch kann sein Aquarium ja auch nicht von außen sehen, obwohl das Glas durchsichtig ist."

"Ja, das stimmt."

"Was können Sie mir über Ihre interessante Tätigkeit als Laborassistentin erzählen, das nicht unter die normalerweise vereinbarte Geheimhaltung fällt?" Seine Neugierde verband in dem Augenblick berufliches mit privatem Interesse. So stellte er sich Senta in einem wehenden weißen Mantel vor, wie sie eilig zwischen den Versuchsratten in Käfigen mit einer Spritze hin und her huschte.

"Mein interessantestes Projekt bisher war das Anschalten der Gene mittels flüssiger Proteine. Die Chromosomen treiben nämlich im Zellkern in einem scheinbar chaotischen Meer von Proteinen, Nukleinsäuren und anderen Molekülen. Ihr Hauptziel ist, unsere Gene zur richtigen Zeit an- und auszuschalten. Und ich musste rausfinden, wie die Komponenten eines Gen-Schalters an der richtigen Stelle angereichert werden können", referierte sie unter der gelegentlichen Zuhilfenahme ihrer zarten Hände zum Gestikulieren.

"WOW! Ist das für eine Assistentin nicht rasch überfordernd?"

"Sie wissen sicher, dass man als Frau immer in unterster Stufe die höchsten Ergebnisse abliefern muss."

"Ja, das ist schlimm. Und? Ist es Ihnen gelungen?"

"Beinahe, ich wurde leider frühzeitig von dem Projekt wieder abgezogen." Bei dieser Aussage zog sie eine Schnute, als hätte man ihr auch das Gehalt vom Konto wieder abgezogen. "Mir schien der Grund dafür zu sein, nicht einen Erfolg zu erringen, den schon ein Kollege auf seinem Karriereplan stehen hatte."

"Oh, das ist bedauerlich. Bekamen Sie Gelegenheit, bei einem andern Projekt Ihr Wissen investieren zu dürfen?"

"Wie gewählt Sie sich ausdrücken", bemerkte sie mit hochgezogenen Brauen. "Ja, ich bekam tatsächlich die Order, bei einem andern Projekt mitzumachen."

"Und hat es sich für Sie als vorteilhaft erwiesen?"

"Mh-Mh", schüttelte sie den Kopf.

Damit wurde ihm klar, dass er hier nicht weiterkam. "Ohne indiskret zu sein, was können Sie von Ihrem Leben erzählen?"

"Drei Städte, zwei Universitäten, vier Praktika, fünf Nebenjobs, unzählige Freundschaften, wenige Liebschaften, ein gebrochenes Herz, eine Sportverletzung und zuletzt ein äh- spezielles Weiterbildungsseminar."

Eben wollte er sie fragen, ob ihr nun diese spezielle Weiterbildung solche Probleme gemacht habe, sodass sie die Flucht ergreifen musste, als sein iPhone klingelte.

"Oh, Sie haben doch nicht etwa jemand verraten, dass ich hier bin?" Ihre Augen leuchteten nervös auf, fast etwas fiebrig.

"NEIN, natürlich nicht", log er und nahm das Gespräch an. "Ja? Ach, *Sie* sind es. Was möchten Sie denn? - Jetzt sofort? - Na gut, wenn es so wichtig ist. Bis dann!"

"Müssen Sie schon wieder fort?"

"Es kommt öfter vor, dass ich von jemand, der eine Story für mich hat, angerufen und irgendwohin bestellt werde. Manchmal sind das nur leere Kilometer, weil sich irgendwer wegen einer Lappalie eine Bombenstory erwartet, die ich natürlich nicht liefern kann. - Wollen Sie mitkommen?" Bei der Frage verlor er sich fast im Strahlen ihrer Augen.

"Nein, lieber nicht. Ehrlich gesagt, fühle ich mich in Ihrer Wohnung sehr wohl und vor allem sehr sicher."

"Dann machen Sie es sich gemütlich, Senta, im Fernsehen kommt jetzt so eine lustige Datingshow, die Sie wunderbar ablenken wird. Die Kandidaten müssen für eine Unbekannte Kleidung kaufen, was oft witzige Auswüchse zeitigt."

"Wer hat denn eine Bombenstory für Sie, Jonas, wenn ich das fragen darf?"

"Sie dürfen mich alles fragen: Der frühere Bodyguard eines Ex-Politikers! Er will mir wahrscheinlich etwas von dessen Machenschaften verraten. So etwas kommt immer wahnsinnig gut bei unseren Lesern an. Dabei spielt es gar keine Rolle, ob die Information stimmt oder nicht."

"Jaja, so sind die Menschen, immer auf der Suche nach Sensationen", murmelte sie, als gehöre sie nicht auch zur großen Menschheitsfamilie dazu.

Mit einem komischen Gefühl ließ er sie allein und machte sich auf den Weg in eine Bar unweit seiner Wohnung, die immer schon früh am Nachmittag ihre Pforte öffnete. Der Fußmarsch dauerte nur knapp 20 Minuten, doch als er dort ankam, fand sich von dem Anrufer keine Spur. Jonas dachte, dieser sei auf der Toilette und setzte sich an einen Tisch. Tatsächlich kam Laurenz Burgstaller, der muskelbepackte Bodyguard, den er bisher nur einmal getroffen hatte, vom Herren-WC heraus und setzte sich zu ihm. Er sah krank aus und schwächer als Jonas ihn in Erinnerung hatte. Bevor er zu sprechen beginnen konnte, kam die Kellnerin und erkundigte sich nach den Wünschen der beiden.

"Für mich das Übliche", bestellte Burgstaller.

"Und ich nehme einen Whisky on the Rocks", sagte Jonas, blickte der aufreizend gekleideten Servierkraft mit dem schwarzen Lockenkopf hinterher und fragte Burgstaller dann: "Was ist denn so wichtig, dass ich sofort antanzen musste?"

"Zuvor eine Frage: Haben Sie Angst vor dem Tod?" Dabei wirkte er wie Kafka, sah wirklich krank und verzweifelt aus.

"Aber ich bitte Sie, bei uns in Wien ist der Tod doch eine humoristische Konstante erster Ordnung. Der flößt mir sicher keine Angst ein. Außerdem passieren mir immer wieder Beinahe-Katastrophen, die mich eher den Sprung ins Grab herbei sehnen lassen."

"Mir ist das Lachen jedenfalls vergangen, das können Sie mir glauben! Apropos glauben: Sie werden mir die Story gar nicht glauben, aber ich will sie so schnell wie möglich loswerden."

"Sie machen es ja ganz schön

spannend. Ich bin ganz Ohr!"

"Also stellen Sie Ihre Lauscher auf Empfang und hören mir genau zu!", befahl Burgstaller und zündete sich trotz Rauchverbots gekünstelt eine Zigarette an, so als könne er sich selbst nur unter der Einwirkung von Nervengift zum Reden bringen. "Eine schmutzige Hand wäscht bekanntlich die andere."

Gerade, als es interessant wurde, kam die Kellnerin und servierte die Getränke: einen Whisky pur und einen mit klapperndem Eiswürfel darin.

Burgstaller stürzte seinen harten Drink hinunter, kniff die Augen zu und schluckte schwer, während Jonas an seinem hochprozentigen Getränk nur nippte, denn er wollte sich den kommenden Bericht nicht durch einen aufkeimenden Rausch vernebeln lassen.

"Ahh", ließ Burgstaller verlauten, in dessen Augen deutlich rote Äderchen hervor traten. "Kennen Sie das Zitat von Woody Allen: Das Leben ist nicht nur kurz, sondern auch noch sinnlos?"

"Ja, aber dafür, dass es sinnlos ist, kommt es mir ziemlich lang vor."

Mit einem Kopfschütteln begann Burgstaller zu erzählen: "Die ganze Geschichte hört sich total verrückt wie so eine irre Verschwörungstheorie an. Doch es ist die Wahrheit. Gestern traf ich meinen Ex-Arbeitgeber zufällig auf dem Weg ins Fitness-Center. Den wünsche ich als Chef nur meinen Feinden an den Hals. Sie können sich denken, dass ich sofort die Straßenseite wechselte. Neben ihm ging mein Nachfolger her, der mir böse Blicke schickte. Aus einem Gefühl heraus verfolgte ich die beiden, die in einem Haus in der Werdertorgasse verschwanden. An den vielen Klingelschildern stehen keine Namen mehr, nur noch Top 1, Top 2 und so weiter. Aber in diesem Haus ist ein Restaurant, über dessen Innenhof man ganz leicht und ohne Aufsehen hineinkommen kann. Oben hörte ich eine Frau, die meinen früheren Chef samt seinem neuen Aufpasser herzlich begrüßte. Es handelte sich um..."

"Ja?" Jonas konnte es kaum erwarten, die Auflösung zu der spannenden Verfolgung zu erfahren.

Auf einmal wurde Burgstaller bleich im Gesicht, schien keine Luft mehr zu bekommen und fing laut zu husten an, wobei ihm die Augäpfel leicht aus den Höhlen traten. Jonas klopfte ihm heftig auf den Rücken, doch es nützte nichts, Burgstaller glitt vom Stuhl und kam unter dem Tisch zu liegen. Sein Hustenanfall erstarb und seine Augen blieben offen und starrten ins Leere.

Oh Gott, dachte Jonas in diesem

Moment, der arme Kerl wurde vergiftet. "HILFE! RUFEN SIE DIE RETTUNG AN!"

Die Kellnerin kam herbeigelaufen und begann sofort mit Mund-zu-Mund-Beatmung und Herzmassage, während Jonas selbst den Notruf wählte.

Wenig später war der Notarzt zur Stelle und konnte leider nur noch den Tod von Burgstaller feststellen.

Danach tauchte eine Funkstreife auf und einer der beiden Polizisten ließ sich von Jonas den Ausweis zeigen.

"Was hat er denn getrunken?", forschte er.

"Einen Whisky. Er war hier Stammgast und orderte *das Übliche*", gab Jonas wahrheitsgemäß an.

"Nein", widersprach die Kellnerin und schüttelte ihre schwarzen Locken. "Er war hier *kein* Stammgast, er war zuvor nur einmal mit einer billigen Prostituierten hier und damals bestellte er dasselbe wie ich ihm heute gebracht habe."

"Jedenfalls ist er vergiftet worden", bestand Jonas, "denn er wollte mir etwas Vertrauliches verraten, das ich in der 'Kleinen Zeitung' schreiben sollte."

"Ach?" Der Polizist zog eine verächtliche Miene. "Sie sind so ein Schreiberling, der Geheimnisse publik macht?"

"Ich bin Journalist", berichtigte ihn

Jonas schnell. "Und ich bringe nur die Wahrheit ans Licht, die eine hochgestellte Person offenbar vor uns verbergen will."

"Und von welcher hochgestellten Person reden wir hier?"

"Dem Ex-Finanzminister!"

"So? Hat er den auch wirklich beim Namen genannt?"

Nun stutzte Jonas. "Äh, ehrlich gesagt, nein. Er sprach von seinem Ex-Arbeitgeber, also von seinem früheren Chef und seinem Nachfolger, das heißt, von dessen neuem Leibwächter."

"Dann kann es sich also auch um den Arbeitgeber VOR dem Ex-Finanzminister handeln", folgerte der Polizist, ein Mann von über 30 und daher mit einiger Erfahrung.

"Eigentlich schon, doch ich bin sicher, dass er seinen letzten Arbeitgeber meinte."

"Das wird vor Gericht nicht reichen, das kann ich Ihnen jetzt schon sagen."

Damit konnte der Uniformträger wohl recht haben, der ein Ich-weiß-alles-Gesicht aufgesetzt hatte.

Verdammt, dachte Jonas, ich bin hier in eine krumme Sache hineingeraten, gerate noch in schiefes Licht und habe daheim zu allem Überfluss eine gesuchte Kriminelle. Das nenne ich eine Zwickmühle.

Mit leiser Stimme riet ihm der

Polizist: "Wenn Sie keine Klage wegen Rufmord riskieren wollen, würde ich an Ihrer Stelle keinen Namen nennen. So wie der Tote Ihnen gegenüber keinen genannt hat."

"Tja, Ihr Rat ist so gut wie meine Gedanken über die ganze Sache." Jonas wägte kurz seine Möglichkeiten ab: Er konnte alles genauso wiedergeben, wie er es eben gehört hatte. Oder er konnte seine ureigenen Spekulationen dazu bekanntgeben, was natürlich Folgen hätte. Oder er konnte sich total unwissend stellen, was allerdings nach dem Dialog mit dem Gesetzeshüter ausschied.

Auf dem Polizeirevier gab Jonas daher den Dialog exakt so wieder wie er tatsächlich erfolgt war und hütete sich davor, den ominösen Ex-Arbeitgeber namentlich zu nennen. Im Grunde konnte es ja wirklich so gewesen sein, dass Burgstaller seinen Brötchengeber vor dem Ex-Finanzminister meinte, auch wenn das Jonas nicht glaubte. Leider wusste er nicht, für wen Burgstaller davor gearbeitet hatte, doch nahm sich vor, den Artikel über diese unangenehme Sache so zu formulieren, dass das Interesse der Leser auf eine Fortsetzung geweckt wurde. Beim nächsten Artikel hätte er den Namen sicher schon herausgefunden. Dabei hatte er fast vergessen, dass er den

womöglich nicht für seinen jetzigen
Arbeitgeber schreiben würde, sondern -
im Spionageauftrag dessen - für *Die
Presse*. Ganz automatisch checkte er
seine Nachrichten am iPhone, doch
natürlich fand er keine, die ihm
zusagte. Nur Riasek hatte ihm eine
gesandt: *Begeben Sie Ihrn Arsch her*!

6. Das Verhör

"Der Knilch, der sich Ihnen
gegenüber großspurig als Informant
aufgespielt hat, ist schon einmal in der
Psychiatrie gesessen", klärte ihn der
Chefredakteur nach seinem Bericht
über die letale Sache auf.

"Burgstaller? Echt?" Das
überraschte Jonas wirklich. "Auf mich
machte er einen ganz normalen
Eindruck."

"Oh ja, das können Psychiatrie-
Junkies hervorragend. Mich wollte der
auch schon mal foppen. Manche von
denen legen sogar ihren Psychiater
herein. Und solche abgebrochenen
Figuren machen die Straßen unsicher,
weil sie nur mehr ambulant behandelt
werden, obwohl sie interniert sein
sollten. Außerdem sieht man den
meisten ihren mentalen Zustand gar
nicht an. Dabei fällt mir wieder die
Kleine in Ihrem Schlafzimmer ein,
Jericho!"

"Also, wenn Sie jetzt eine

Bettgeschichte von mir erwarten, dann-" Das Piepen seines iPhones unterbrach ihn und er nahm das Gespräch ohne Ansehen der Nummer an: "JA?" Angespannt lauschte er, seine Mundwinkel hoben sich. "Das sind erfreuliche Neuigkeiten. Ich kann in einer halben Stunde bei Ihnen sein, wenn es Ihnen recht ist. - Okay, bis später!"

"Die Polizei wegen einer Nachfrage?", schätzte Riasek.

"Nein, Novak von der Presse", verkündete Jonas mit einem Anflug von Triumph auf seinem Antlitz. "So schnell habe ich gar nicht mit einem Bewerbungsgespräch bei dem gerechnet!"

"Machen Sie keinen Fehler, Jericho", warnte ihn Riasek eindringlich, wobei er sich in Vorfreude auf das Gelingen seines perfiden Planes schon die Hände rieb. "Sie wissen ja, was von der Aktion abhängt!"

"Jawohl, Herr General", ätzte Jonas und salutierte zackig.

"Lassen Sie den Quatsch und versuchen Sie lieber, die nötige Seriösität zu vermitteln! Los, binden Sie sich einen Kulturstrick um, hier!" Mit einem Griff in seine unterste Schublade holte Riasek ein zusammengeknülltes Stück Stoff heraus und warf Jonas die sich entfaltende, schwarz-blaugestreifte Krawatte zu.

Eine halbe Stunde später saß dieser damit schon im Konferenzraum des Presse-Gebäudes im dritten Wiener Gemeindebezirk vor dem Chefredakteur Novak, der ihn mit durchdringenden blauen Augen streng musterte. Naturgemäß erwartete er die üblichen Fragen, welche man auch im Internet oder in diversen Filmen bei solchen Situationen immer gestellt bekommt. Doch Novak, dessen blütenweißes Hemd ohne einengende Krawatte am Hals weit offen stand, entschied sich für ein anderes Verfahren.

"Erzählen Sie mir etwas über sich, das ich noch nicht weiß", forderte er Jonas auf, der nun in Bedrängnis geriet.

Einerseits hatte er ja jede Menge zu erzählen, wie beispielsweise die Bekanntschaft einer Unbekannten, die sich - von wem auch immer - verfolgt fühlte, oder das plötzliche Ableben seines Leider-nicht-Informanten, doch keines von beiden konnte er dem honorigen Herrn im gut sitzenden dunklen Anzug ins Antlitz posaunen. Das Erste würde ihm von diesem kaum geglaubt werden, und vom Zweiten wusste er noch viel zu wenig, das auch spruchreif und vor allem druckreif war.

"Tja, ich bin ein vielgereister Ex-Polizeireporter, der wie fast alle

Journalisten immer auf der Suche nach der einen großen Story ist", begann er, "mit einem immer schlecht gelaunten Chefredakteur im Rücken, der nicht müde wird, mich zu Höchstleistungen anzutreiben, und einer ebenso nimmermüden Großmutter, die immer in Sorge um mich lebt."

Novak musste automatisch schmunzeln.

Davon ermuntert plauderte Jonas locker weiter: "Neuerdings werde ich auch im Internet gemobbt und komme mir daher gleich viel wichtiger vor als ich bin. Dass unser Beruf nicht gerade familienfreundlich ist, brauche ich *Ihnen* ja nicht zu erklären, Herr Novak, weswegen ich keine Ehefrau vorweisen kann und noch weniger Kinder, die mich beim Heimkommen mit Geschrei empfangen. Letzteres hat allerdings den Vorteil, den Kopf frei von Sorgen zu haben. Daher kann ich mit vollem Einsatz im Auftrage der Informationsbeschaffung durch Wien und Umgebung oder auch ins Ausland reisen. Gern wäre ich auch bereit, zur Probe einen Auftrag zu erledigen, für den Sie noch keinen Ihrer Angestellten finden konnten."

Zufrieden lächelte Novak, der scheinbar genau auf so ein Angebot gewartet hatte. "Wo Sie es selbst anbieten, fällt mir wirklich etwas ein,

Herr Jericho. Es geht um einen gut situierten Mann, der mich schon öfters angerufen hat, um mir exklusive News zu erzählen. Im Laufe des etwas einseitigen Gesprächs, in welchem der Mann von Welt vage andeutete, seine Story öffentlich machen zu wollen, ließ er teilweise interessante Infos einsickern. Bisher fand sich niemand aus der Redaktion dafür zuständig und ich hatte ehrlich gesagt keine Lust ihn aufzusuchen."

Übereifrig sprang Jonas schon auf: "Herr Novak, ich bin genau ihr Mann dafür. Wie heißt der Knabe und wo finde ich ihn?"

Wieder eine halbe Stunde später stand er vor der Wohnungstür des Betreffenden namens Heribert Kanofsky im 19. Bezirk - eine piekfeine Gegend - und klingelte.

Eine attraktive Frau in einem engen grünen Samtkleid öffnete ihm, maß ihn von oben bis unten und wollte die Tür schon wieder schließen.

"Ich komme von der Zeitung DIE PRESSE!", würgte Jonas hervor und fingerte aufgeregt wie ein Anfänger seinen Presseausweis hervor. "Ist Herr Kanofsky zu sprechen, Fräulein?"

"Kommen Sie rein", hauchte sie und marschierte auf hohen Absätzen vor ihm den Flur entlang. An dessen Wänden prangten Nacktfotos, unter anderem von ihr selbst, wie Jonas aufmerksam wahrnahm.

Im Wohnzimmer rief sie laut: "Schatz! Hier ist einer von der Presse. Jericho heißt er!"

Schwungvoll wandte sie sich zu Jonas um und entblößte eine Reihe gebleichter Zähne. Sie musste wohl von Beruf ein Model sein. Figur, Schminke, lange blonde Haare und ein lasziver Blick, in welchem die oft von den Fotografen gewünschte Arroganz lag.

"Kann ich Ihnen etwas anbieten?", fragte sie in einem Ton, als würde sie sich über ihre Steuererklärung aufregen.

"Nein, vielen Dank."

Hinter ihr öffnete sich eine Tapetentür, durch welche allerdings nicht der gerufene Schatz hereinkam, sondern eine alte Dame in einem hellgrünen Strickkostüm, das so aussah, als hätte sie es sich selbst auf den dürren Leib gehäkelt. Ihr schütteres weißblondes Haar stand ihr toupiert zu Berge und ohne Vorwarnung begann sie wütend mit ihren knochigen Fäusten auf den Oberkörper des Models einzuhämmern.

"Wann ziehst du endlich aus, du Flittchen!", schimpfte sie und schnitt dabei eine Grimasse, mit der sie in jedem Horrorfilm eine Hauptrolle bekommen hätte.

Die Blonde schnappte sich die Handgelenke der Alten und schleifte sie, die nun mit ihren bequemen Puschen wild um sich trat, wieder zurück durch die Tapetentür, die sie mit dem attraktiven Hinterteil zudrückte. Hinter der nun verschlossenen Tür hörte Jonas noch ein wildes Wortgefecht, von dem er einzelne Worte wie "altes Biest" oder "HURE" gut verstehen konnte. Dann trat Stille ein und durch eine andere Tür ein Mann, der sich scheinbar in der kurzen Zeit zwischen dem Ruf seines Models und dem letzten Wort seiner alten Verwandten fein angezogen hatte.

Er trug einen Designeranzug, italienische Schuhe und ein allwissendes Lächeln zur Schau.

"Hallo, Herr Kanofsky, Ich hoffe, ich störe nicht", begrüßte ihn Jonas. "Sie haben ja schon mit meinem Chefredakteur, Herrn Novak gesprochen. Nun schickt er mich, um Ihre Story zu checken."

"Ja, wegen der Drogen", bestätigte Kanofsky nach dem obligaten Händedruck, machte aber keine Anstalten, dem Besucher Platz oder sonst etwas anzubieten.

"Ja, sind Sie Konsument?", erkundigte sich Jonas unsicher, dem das Gesicht des Mannes bekannt vorkam, auch der Name. Irgendwoher kannte er ihn, konnte ihn jedoch ad hoc nicht zuordnen. Normalerweise hätte er in so einem Fall das Internet bemüht, doch in der Eile ging sich eine Kurzrecherche nicht mehr aus.

Der Mann in dem teuren Anzug stand wie eine Säule vor ihm, überlegte sich offenbar, was er sagen sollte. "Nein, ich selbst nahm nie Drogen, habe lediglich bei unzähligen Lines zugesehen, wie sie in prominenten Nasenlöchern verschwunden sind und deren Besitzer danach begonnen hatten, zu schniefen und mit dem Kiefer zu mahlen. Das fand ich abartig, aber charmant! Sind Sie schon lange Reporter?"

"Ja, seit über 20 Jahren", antwortete Jonas und trat von einem Fuß auf den andern, fühlte sich in der merkwürdig riechenden Wohnung zusehends unwohler. "Und Sie wären bereit, uns im Artikel auch die Namen der prominenten Nasen zu nennen?"

"Na logisch!" Kanofsky stand immer noch vor ihm, fast wie zu einem Duell - immer noch lächelnd - doch maß ihn nun ebenfalls von oben bis unten. "Wie war doch gleich Ihr Name?"

"Jonas Jericho!"

"Jericho?", wiederholte er und sein Lächeln war sofort verschwunden. "Ich kenne Sie! Sie haben vor zwei Jahren mein Buch verrissen!"

"Wie bitte?" Jonas überlegte angestrengt. "Aber ich mache doch gar keine Rezensionen."

"Doch, ich habe in der Redaktion angerufen, damals haben Sie für eine andre Zeitung geschrieben, und erhielt IHREN NAMEN!" Zornesröte stieg in sein Gesicht.

Oh Gott, dämmerte es Jonas, der Idiot von Riasek hat meinen Namen preisgegeben und dieser Lackaffe hat ihn sich noch dazu gemerkt!

"Ah, jetzt dämmert es mir", gab Jonas halbherzig zu. "Es ist nämlich so, dass ich damals nur in Vertretung eines Kollegen *seine* Meinung über Ihr Buch in Worte fassen musste. Und der wies mich an zu schreiben, dass in dem Pamphlet nur oberflächliche Fakten über die Wiener Wirtschaftskriminalität zu finden seien, während deren Hintermänner stets auf einen schnellen Fick oder Fix aus wären. Ich habe das ganze natürlich eleganter formuliert."

"Ja, Sie schrieben, ich hätte die eigentlich amüsante Handlung mit einer Orgie aus Sex und Ennui verdorben. Ich musste damals erst mal nachschlagen, was *Ennui* heißt und fand Langeweile als Antwort. Das fand ich eine enorme FRECHHEIT!"

"Naja, aber glauben Sie mir, es wäre verbal wesentlich ärger gewesen, wenn mein Kollege die Rezension selbst verfasst hätte", versuchte sich Jonas herauszureden, doch er konnte schon erkennen: das Kind war in den Brunnen gefallen. Dennoch wagte er einen Rettungsversuch: "Haben Sie noch ein Buch? Dann schreibe ich Ihnen eine 1A-Rezi, versprochen!"

"Nein, ich habe was Besseres für Sie, mein Lieber!", kündigte er an und holte unvermittelt aus.

Seine Faust kam schneller als sich Jonas wegducken konnte und so taumelte er benommen rückwärts zur Eingangstür.

"AU! Ich bitte Sie, das ist doch kein Grund brutal zu werden, Herr Kanofsky!"

"RAUS oder ich mach Hackfleisch aus dir, du Fick-Nase!"

Im Stiegenhaus des feinen Wohngebäudes fischte sich Jonas ein Papiertaschentuch aus seinem Hosensack und tupfte sich das Blut von der Nase. In dem Zustand hätte er selber zu einer weißen Linie nicht nein gesagt.

Draußen atmete Jonas die frische Winterluft ein, dachte an das blonde Model. Mit ihrem hübschen Gesicht, das man leicht wieder vergessen konnte. Aber ihr Geruch war es, den er nicht aus der Nase bekam, dieses Gemisch aus frischem Schweiß, Tabakrauch und Alkohol, Eau de Party, wie man das so salopp in gewissen Kreisen nannte. In dem Augenblick wusste er nicht, ob er in ein Spital fahren sollte, oder zu seinem Chefredakteur oder zu Novak, den er als solchen erst beeindrucken musste. Mit einer geschwollenen Nase konnte er bei dem wohl kaum Eindruck schinden, daher machte er sich per U-Bahn auf den Weg zurück in die Redaktion. Die Nacht begann bereits die Stadt heimzusuchen, fast so dunkel wie Jonas' derzeitige Lage.

"Haha", lachte Riasek laut auf, nachdem er die ganze Geschichte vernommen hatte. "Das ist typisch für Sie, Jericho! Von der Kleinkriminellen daheim droht Ihnen scheinbar weniger Gefahr als von einem beleidigten Schmierfink, der seine Kokain-Fantasien in einem Buch versilbern wollte."

"Der hat einen Händedruck, mit dem er Kokosnüsse knacken kann", scherzte Jonas und hielt sich die Nase.

"Vermutlich hat er beim Schreiben seines Buches einige teure Laptops damit zerstört", versuchte der erheiterte Chefredakteur noch einen drauf zu setzten.

"Und was schlagen Sie jetzt vor? Soll ich die ganze Sache beim Novak breittreten?" Im Stuhl gegenüber Riasek fühlte sich Jonas fast so wie beim

Zahnarzt, vor allem mit der schmerzenden Nase, in deren einem Loch ein Stückchen Papiertaschentuch die Blutung stillte.

"Hmmm", überlegte dieser. "Die aggressive Alte ist die betagte Mutter des Autors, ich erinnere mich einer Lesung, bei der es ein Gratis-Buffet gab, weswegen ich überhaupt dort hinging und sie kennenlernte."

"Die ist mindestens so irre wie ihr Sohn", murmelte Jonas. "Wahrscheinlich hat sie ihn erst mit ihrem Irrsinn zum Schreiben inspiriert."

"Kann durchaus möglich sein. Wissen Sie, was mir einfällt, Jericho? Ich habe mit diesem Kanofsky schon mal telefoniert, er ist temperamentvoll, aber harmlos und immerhin kann er uns noch nützlich sein, jetzt, wo er Ihnen einen Haken verpasst hat, könnten Sie ihn doch wegen Körperverletzung anzeigen."

"Ohne Zeugen? Da steht mein Wort gegen seins und ich mache damit noch Werbung für sein Pamphlet gegen meinen Willen, nein, sicher nicht."

"Verklickern Sie Novak, dass Sie Kanofsky zu einer unpassenden Zeit antrafen, er aber grundsätzlich bereit ist, ein Interview zu geben, aber den Termin noch nicht genannt hat."

"So? Und wie erkläre ich ihm am

besten mein halb verschwollenes Gesicht?" Verärgert zeigte er sich mit einem Finger Richtung Nase.

"Mann, Sie müssen Ihren Riechkolben doch nicht persönlich vorführen! Sie telefonieren oder simsen ihm, muss man Ihnen neuerdings alles sagen? Mir scheint, die Kleinkriminelle hat Ihre Sinne ein bissl verwirrt, was?"

"Sehr witzig! Übrigens, haben Sie rausfinden können, zu welchem Anschluss die Telefonnummer gehört?"

"Welche Telefonnummer? Ach so, die von der Kleinen, ja, ich rief einfach dort an. Es ist nur ein Patentanwalt."

"Ein Patentanwalt?", wiederholte Jonas und kratzte sich am Hinterkopf. "Das würde doch zu einem gelungenen Experiment in einem Labor passen. Sie hat etwas erfunden, das sie zum Patent anmelden will, ist aber noch vertraglich an ihren Arbeitgeber gebunden..."

Riasek gab unaufgefordert seine Meinung zur Lage von Jonas beinahe mit psychologischer Klarsicht ab: "Jericho, Sie können bei Ihrer - zugegeben sehr hübschen - Kleinen nur mit einer bedürfnisorientierten Tauschbeziehung rechnen."

"Wie meinen Sie das?"

"Ganz einfach: So lange Sie für die Puppe nützlich sind, können Sie mit ihrer erotischen Zuwendung rechnen. Als ich einmal vor den Scherben meiner

Kreation von Familie stand, begriff ich,
dass ich von meiner Holden nur
ausgenutzt worden bin."

"Tut mir leid, aber für Ihre
Familienaufstellung bin ich wirklich zu
müde", verabschiedete sich Jonas.

7. Frühstück bei einem Millionär

Nach einer kurzen Nacht, die er auf
seinem eigenen Sofa verbracht hatte,
erwachte Jonas um vier Uhr früh und
tappte verschlafen in die Küche. Erst
jetzt fiel ihm auf, dass sein Hausgast
dort sauber gemacht hatte. Alles blitzte
wie für eine Meister Proper-Werbung.
Beim Heimkommen war er viel zu sauer
und abgelenkt gewesen, um die
ungewohnt klinische Sauberkeit zu
bemerken. Nachdem er mit einem Ohr
an seiner Schlafzimmertür ihre
gleichmäßigen Atemzüge vernommen
hatte, was auf ihren Tiefschlaf
schließen ließ, hatte er sich nur kurz
im Badezimmer geduscht, seine Nase
mit Gel beschmiert und gleich
hingelegt.

Bei einer Tasse heißen Kaffee fand er
die nötige Ruhe zur Kontemplation. Die
gestohlenen 100.000 Euro spukten in
seinem Kopf herum. Der Film 'Charade'
mit Audrey Hepburn kam ihm in den
Sinn. Das Geld steckte in der
Krimikomödie in Briefmarken, die auf
einem Kuvert klebten. Doch in Sentas

Handtasche befand sich kein Kuvert. Außerdem konnte er sich nicht vorstellen, dass sie den Diebstahl der Summe tatsächlich begangen hatte. Immerhin wurde sie deswegen von der Polizei gesucht, weshalb ihre Paranoia berechtigt erschien. Es gab seiner subjektiven Einteilung nach Introverts oder 24-Hours-Attention-Seekers und noch einige andere Archetypen, doch die süße Senta konnte er so einfach keiner dieser Gruppen zurechnen. Da überdies die Bürger und Bürgerinnen alle zu einer homogenen normisierten Masse herangezüchtet werden, kann das System mit individuellen Personen nicht umgehen, sagte er sich.

Kurz nach sieben Uhr - die Zeit war verflogen, ohne dass er es merkte - gesellte sie sich zu ihm in die Küche. Sie trug natürlich dieselbe Kleidung wie gestern und ihre schwarzen Haare kannte er ja schon.

"Guten Morgen! Vielen Dank, dass ich Ihr Bett benutzen darf, Jonas!"

"Aber ich bitte Sie, nicht der Rede Wert, Senta! Mögen Sie Ihren Kaffee Schwarz oder mit Milch und Zucker?"

"Mit wenig Milch ohne Zucker! Hatten Sie gestern noch einen beruflichen Erfolg zu verzeichnen?"

"Danke der Nachfrage, aber es war eher durchwachsen." Zum Kaffee stellte er noch einen von seiner Oma selbst gebackenen Mohnstrudel vor sie.

"Manchmal habe ich das Gefühl, mehr aus Emotionen zu bestehen als aus Fleisch und Blut." Senta fühlte sich beim Essen bemüßigt, Jonas nahezukommen. "Nur kann ich es nicht so richtig in Worte fassen."

"Das ist auch nicht nötig, man sieht es in Ihren Augen."

Liebevoll strich sie ihm über sein Haar und neigte ihren Kopf mit gespitzten Lippen zum Kuss ihm entgegen.

"Senta, Sie sind halb so alt wie ich", gab er zu bedenken und rückte etwas von ihr ab.

"Komisch, meine Jugend haben mir meine Arbeitgeber im Labor auch als Makel ausgelegt. Sie meinten, so junge Arbeitnehmer seien zu labil und hätten womöglich mit den Versuchsratten Mitleid."

"Und wie konnten Sie die kritischen Labor-Leute vom Gegenteil überzeugen?"

"Indem ich denen einfach anbot, ein Monat gratis für sie zu arbeiten!"

"Das war ein Angebot, das diese Gierhälse nicht ablehnen konnten, was?"

Beide begannen zu lachen. Obwohl einige Mohnkörnchen in ihren Schneidezähnen steckten, sah sie umwerfend aus.

"Naja, Sie scheinen schon viel reifer zu sein als Ihre Altersgenossen", unterbrach er sein Lachen.

"Oh ja, ich lese auch schwere Literatur. Hesse, zum Beispiel, wo er auf der Flucht vor sich selbst ist, und Lebensweisheiten aus Indien. Und darin schreibt ein Philosoph: *Sieh dich vor, eine Tür zu öffnen. Sie könnte in völlig neue Räume führen.*"

"Sehr hintersinnig. Dabei fällt mir ein, dass ich mal gefragt wurde, was ist eigentlich der Mensch? Was würden Sie darauf antworten, Senta?"

"Schwierig, die einen sagen, er ist ein Säugetier, die andern sagen, er ist eine Ansammlung von Atomen und wieder andere meinen, er sei ein Irrläufer der Evolution. Ich entscheide mich ganz sachlich für Variante zwei."

"Das ist einer Laborassistentin auch würdig. Haben Sie mal überlegt, einen andern Beruf zu wählen?"

Ihre Miene verfinsterte sich, als hätte er einen wunden Punkt bei ihr getroffen. "Ja, ich wollte in die Kunst, aber meine Mutter hat mir davon abgeraten, weil man da kaum etwas verdient."

"Welche Kunst wollten Sie denn mit Ihrem Talent bereichern?"

"Schauspiel zum Beispiel. Das Gretchen hätte ich gern gespielt: *Zum Golde drängt, am Golde hängt doch alles.* Oder die Julia: *Dies, oh Dolch, ist deine Scheide!"*

Jonas klatschte kurz frenetisch. "BRAVO! Ich kann auch was, nämlich den Othello: *Geh in ein Kloster, Ophelia!"*

"Das ist Hamlet, aber Sie haben es schön deklamiert! Der Prinz, der verzweifelt fragt: *Sein, oder nicht sein, das ist hier die Frage!"* Mit einem Mal wurde sie wieder todernst, denn auch in ihrer komplexen Lage musste sie sich einer ähnlichen Frage stellen.

Nun wollte er ihr wieder ein Lächeln aufs hübsche Gesicht zaubern: "Wer wäre ich, wenn ich kein guter Reporter wäre? Ein schlechter Reporter."

"Hihi, nein, sicher nicht."

"Manchmal wäre ich lieber in einer andern Branche, vor allem, da mein Vorgesetzter so ein Kotzbrocken ist."

"Ja, aber wir sind oft Opfer unserer Umgebung", philosophierte sie. "Ausgeliefert auf Gedeih und Verderb..."

Jonas' iPhone piepte. "Wie aufs Stichwort! Wetten, dass das der Kotzbrocken ist?", fragte er mehr sich selbst und guckte auf das Display. "Bingo! Senta, ich bedaure, dass ich Sie schon wieder allein lassen muss."

"Das verstehe ich doch. Ich verstehe auch, wenn Sie mich einfach rauswerfen..." Traurig blickte sie Richtung Fenster.

"Nein, nein, fühlen Sie sich wie zu Hause, ich versuche, zu Mittag heimzukommen", versprach er bei seinem Abgang.

Beim Eintritt in die Redaktion erlebte Jonas eine unangenehme Überraschung: die Polizei war da. Ein Uniformierter lehnte teilnahmslos am Türstock zu Riaseks Büro und darin saß Kommissar Huber, den Jonas von einem früheren Fall kannte.

Grimmig fuhr er seinen Chefredakteur an: "Sie hätten aber schon vorher mit mir sprechen können, bevor Sie die Polizei bemühen."

Mit verdrehten Augen keifte Riasek zurück: "Sie sind wegen des Todes eines der Heavy Metal-Fuzzys hier, den Sie zuletzt interviewt haben."

"Ach sooo", ließ Jonas erleichtert verlauten.

"Dachten Sie, ich wäre wegen etwas anderem hier?", forschte Kommissar Huber, welcher eine verblüffende Ähnlichkeit mit dem Politiker Kickl hatte.

"Äh-nein, das heißt ja, wir sind nämlich gerade an einem interessanten Fall dran...", stotterte Jonas.

"Jericho, lassen Sie die Finger von Fällen, für die die Polizei bezahlt wird", riet ihm der Kommissar.

"Keine Sorge, es handelt sich weder um einen Serienmörder, noch um einen

Steuerhinterzieher", beruhigte ihn Riasek.

"Was wollten Sie denn über den Heavy Metal-Mann wissen?", fragte Jonas.

"Das Übliche: Hat er Ihnen etwas gesagt, das er in der Reportage nicht veröffentlicht sehen wollte?", forschte Huber.

"Nein, dem musste ich jeden einzelnen Satz aus der Nase ziehen, die mit weißem Pulver leicht verschmiert schien", erinnerte sich Jonas. "Bestimmt hat ihn seine Koks-Sucht das Leben gekostet."

"Falsch, er wurde mit einer Ansichtskarte aus Solingen zu Tode befördert", scherzte Huber, der einen Sinn für Schwarzen Humor zeigte. "Oder genauer formuliert: Er wurde erstochen. Da einige Zeugen davon schon auf Facebook berichtet haben, kann ich es ja ganz offen zugeben."

"Vermutlich von seinem eigenen Dealer", schätzte Riasek.

"Das muss ich erst rausfinden", brummte Huber, der unrasiert und mit einem sichtlich schmutzigen Hemd vor ihm stand. "Falls Ihnen doch noch was einfallen sollte..."

"Melde ich es Ihnen unverzüglich", beeilte sich Jonas, dessen iPhone erneut piepte. Aber erst, nachdem der Kommissar die Tür hinter sich geschlossen hatte, zog er sein Handy aus der Hosentasche.

"Ist das die Made im Speck?", erkundigte sich Riasek.

"Wer?"

"Na, die kriminelle Puppe, die sich bei Ihnen einquartiert hat. Tun Sie doch nicht so verwundert, Jericho."

"Die weiß gar nicht meine Telefonnummer. Es ist Novak. Ich sandte ihm gestern ein SMS, in dem ich ihm mitteilte, dass ich an Kanofsky dranbleibe, ohne nähere Details."

"Bravo! Und was simst er Ihnen jetzt?"

"Kanofsky hat mit ihm telefoniert und verlangt, dass ich ihn in seinem Wochenendhaus aufsuche", eröffnete ihm Jonas. "Eine Adresse im 13. Bezirk. Ich bin praktisch dort zum Frühstück eingeladen. Dabei hab' ich vorhin schon mit Senta gefrühstückt..."

Riasek versuchte mit zusammengekniffenen Augen ein nachdenkliches Gesicht zu machen, stützte die Ellbogen auf seine Schreibtischplatte und formte mit exakt zusammengelegten Fingerspitzen ein Dach vor seinem Kinn, ehe er erklärte: "Jericho, mit denen, die uns lieben, haben wir mehr Ärger als mit den Leuten, die uns hassen, weil die viel weniger Zeit für uns erübrigen. Verstehen Sie?"

"Jaja, ich kenne die Gruppendynamik von familiären Zwangsgemeinschaften."

"Ihre junge Flamme ist mit dem Aufwachsen noch etwas beschäftigt, verstehen Sie?"

"Ja, sie ist noch sehr jung, aber bei Alten in der Pension hat man wieder das Problem, dass sie mit ihrem Groll nichts anzufangen wissen, wenn sie den Sinn ihres Lebens verloren haben", formulierte Jonas sarkastisch.

"Tun Sie mir und vor allem sich selbst einen Gefallen und nehmen Sie die Einladung von Kanofsky an. Wer weiß, eventuell bietet er Ihnen ja sogar Schmerzensgeld für Ihren beschädigten Riechkolben an."

Bereits 18 Minuten später hatte Jonas per Taxi die ansehnliche Villa in Hietzing erreicht. Und wieder öffnete ihm das blonde Model in derselben Duftwolke wie gestern und ließ ihn eintreten.

"Schön, Sie wiederzusehen", ratterte sie ohne den Versuch, die Floskel echt klingen zu lassen, herunter. "Herr Kanofsky erwartet sie im Wintergarten."

Artig schritt er hinter ihr dorthin. Ihre Bewegungen in dem bequemen roten Jumpsuit verrieten ihre Fitness. Sie tänzelte regelrecht vor ihm zum reich gedeckten Frühstückstisch.

"Nehmen Sie mir mein gestriges

Verhalten nicht übel und an meiner Seite Platz, mein Freund", empfing ihn Kanofsky mit ausgebreiteten Armen. In einem blutroten Morgenmantel mit gelben Tupfen saß er in einem weißen Korbstuhl vor einem üppig gedeckten Tisch. Auch Lachs und Kaviar sowie eine Flasche Schampus in einem großen Sektkühler standen bereit.

"Den gestrigen Tag hab' ich schon aus meinem Gedächtnis gelöscht", sagte Jonas und setzte sich ihm vis-a-vis auf eine weiß lackierte Gartenbank mit giftgrünen Brokat-Sitzpolstern.

Um die beiden herum wucherte eine Art von Dschungel aus Baumarkt-Topfpflanzen, wie sie in den zahlreichen einschlägigen Postwurfsendungen Appetit machen sollen, eine der vielen Filialen aufzusuchen und jede Menge Geld dort zu lassen.

"Das lob ich mir", freute sich Kanofsky, der sich eben ein Stück frisches Brot mit Butter bestrich. "Greifen Sie zu, es ist nichts davon vergiftet. Alles hat meine süße Madlain höchstpersönlich eingekauft ... auf meine Rechnung."

Kaum hatte er das Wort *Rechnung* ausgesprochen, da war die blonde Madlain auch schon wieder verschwunden.

Mit wieder aufgetretenem Appetit griff sich Jonas eine Scheibe Toast, die er sich mit Marillenmarmelade bestrich. Sein Gastgeber goss ihm aus einer silbernen Kaffeekanne schwarzen Kaffee in eine Tasse aus Meissner Porzellan.

"Wie geht es Ihrer werten Frau Mama?", fragte Jonas, ehe er genüsslich in seinen Toast biss.

"Ausgezeichnet", versicherte ihm Kanofsky mit einer Hand abwinkend. "Sie befindet sich augenblicklich in einem Heim für pensionierte Künstler."

"Ach, Ihre Mama ist auch Künstlerin?"

In Kanofskys Augen trat ein verklärtes Leuchten. "Ja sicher, von wem glauben Sie, habe ich mein Talent geerbt?"

"Von Ihrem Herrn Papa?"

"Nein, der war Börsenmakler. Er brachte das Geld heim, von dem ich heute noch zehre", gab Kanofsky offen zu, ohne sich dabei unwohl zu fühlen. "Ich bin mir dieses Privilegs durchaus bewusst, denn viele Schriftsteller müssen am Hungertuch nagen oder gar einem ungeliebten Brotberuf nachgehen. Oder noch schlimmer: Der Gnade des AMS ausgeliefert Sinnlos-Kurse absolvieren, die sie an den Rand einer ausgeprägten Depression treiben."

"Mhm, es tut mir leid, dass ich Ihr Buch verreißen musste, ich werde auch nie wieder einfach die Meinung eines

Kollegen übernehmen, ohne nicht wenigstens den Anfang und das Ende eines der zu rezensierenden Bücher zu lesen", erklärte ihm Jonas und nahm einen Schluck Kaffee.

"Das ist Kaffee, den Schleichkatzen vorverdaut haben", informierte ihn Kanofsky.

"Wow, Ihnen muss es wirklich *sehr* gut gehen."

"Finanziell sicher, aber sonst...", bedauerte er sich selbst. "Sehen Sie, wenn Sie mein Buch von Anfang bis Ende durchgelesen hätten, wüssten Sie, dass ich einen harten Lebensweg hinter mir habe."

"Verstehe, Sie wollten ja etwas über die Szenegrößen verraten", fiel Jonas wieder ein.

"Allerdings, aber nur Ihrem Chef unter vier Augen", grinste ihn Kanofsky an.

"Halten Sie denn alle seine Angestellten für nicht sehr vertrauenswürdig, oder nur mich?"

"Meine Mama hielt mich immer dazu an, mich nur mit dem Schmied zu unterhalten und nie mit dem Schmiedl."

"Ha, das sagt meine Oma auch immer", rutschte Jonas heraus. "In ihrer Resolutheit erinnert sie mich stark an Ihre Frau Mama."

"Jaja, manche Frauen haben zu viel

Energie bis ins hohe Alter", sinnierte
Kanofsky und schielte durch die
Glasscheibe des Wintergartens.
Draußen fielen einige Schneeflocken
herab. "Die Unterkanten meiner Augen
waren schon öfters, wie ein
randgefülltes Waschbecken, am
Überlaufen. Es fing sich soviel
Flüssigkeit, dass die
Oberflächenspannung, wie auf einem
Wasserglas, spürbar war. Wut, Angst
und Verzweiflung breiteten sich in mir
aus"
        "Oh, wie unangenehm für Sie."
        "Nach acht Jahren Lithium und
Zwischen-Begegnungen mit mehr als
zehn anderen Medikamenten nun
endlich der Versuch, alleine Ruhe in
meinen Kopf zu bringen. Ich erhielt
mehr Diagnosen als nötig gewesen
wären für mein verwirrtes Gehirn und
ich glaube, nach meinem dritten
Psychiatrieaufenthalt haben die Ärzte
ihrer Kreativität freien Lauf gelassen."
        Man konnte ihn als unkonventionell
bezeichnen. Seine Person fiel mitsamt
seinem Auftreten, Charakter, Aussagen
und seinem publizierten Machwerk
unter den Begriff Gesamtkunstwerk. Er
wollte sichtlich die schwimmenden
Grenzgänge zwischen Provokation und
Kunst, deren wesentliches Merkmal
ihre Dauerhaftigkeit im Rahmen des
bleibenden Schaffens war, beherrschen.

Dieses Kriterium schaffte er nach Jonas' Meinung leider nicht. Der Möchte-gern-Künstler liebte es, als Dilettant überall mitzumischen, egal ob in der Drogenszene oder im Literaturbetrieb. Bei ihm war die Ausnahme die Regel, die Norm ein bloßes Ablenkungsmanöver. Er schaffte es zu seiner großen Genugtuung, eine recht mysteriöse Figur zu sein, die von vielen die nötige Aufmerksamkeit geschenkt bekam, weil er sie laufend einforderte.

Nach dem Genuss eines Lachsbrötchens, welches ihm delikat mundete, wollte Jonas wissen: "Warum haben Sie mich eigentlich herbestellt, wenn Sie doch nur mit meinem Chefredakteur sprechen wollen?"

"Erstens, um mich zu entschuldigen für mein etwas ungehobeltes Benehmen", ließ Kanofsky verlauten. "Und zweitens, um Herrn Novak zu verdeutlichen, dass er es in meiner Person nicht mit einem Idioten zu tun hat."

"Gut", nickte Jonas, erhob sich und hielt inne, da ihm etwas eingefallen war. "Sie erwähnten selbst einen Aufenthalt in der Psychiatrie, ist Ihnen dort vielleicht zufällig ein Herr Burgstaller begegnet?"

Die Züge Kanofskys erhellten sich. "*Bogus* Burgstaller!"

"Er heißt Laurenz Burgstaller."

"Ja! Ja natürlich. Aber ich beliebte ihn immer nur Bogus zu betiteln. Haha, die Welt ist klein und dreckig, der hat sich mir sogar als Leibwächter angedient, doch ich komme - wehrhaft wie ich bin - ja gänzlich ohne so jemanden aus."

"Oh ja, das habe ich gestern gemerkt", murmelte Jonas.

"Na, na, na, Sie sagten doch, Sie hätten den gestrigen Tag aus Ihrem Gedächtnis gelöscht."

"Stimmt. Zurück zu diesem Burgstaller. Ist Ihnen an dem irgend etwas Ungewöhnliches aufgefallen. Ich meine, ist er zu recht in der Psychiatrie gewesen, oder hat man ihn gar dorthin wider Willen verfrachtet."

"Sie sollten doch wissen, dass es in unserem System nicht so einfach ist, gegen seinen Willen in die Psychiatrie gesteckt zu werden, oder?", höhnte Kanofsky. "Aber es fiel mir schon etwas Komisches an Bogus - wie ich ihn zu nennen pflegte - auf. Er hat aus allem immer viel mehr gemacht. Mit seiner Fantasie konnte er aus einer Mücke ein Mammut fabrizieren."

"Haben Sie ihn in letzter Zeit getroffen?"

"Nein, ich suchte auch nicht seine Gesellschaft, oder die eines andern Ex-Patienten. Wie Sie wissen, bin ich ja ein literarisch schwer arbeitender Mann und habe sehr wenig Zeit für Freundschaften. Aber egal, er kann jederzeit zu mir kommen. Nur nicht als Bodyguard!"

"Das wär unvorteilhaft für Sie, wenn er zu Ihnen käme", grinste Jonas unverschämt. "Denn Sie wollen sicher nicht von einem Zombie besucht werden, oder?"

"Was, er ist ...?" Kanofskys Mund blieb offen stehen.

"Tot", bestätigte ihm Jonas. "Vergiftet mit seinem Lieblingsdrink in einer Bar. Aber so spielt das Leben."

"Vergiftet? Da fällt mir ein, dass sich Bogus mal mit den Tabletten, die er vom Psychiater bekam, vergiften wollte."

"Echt?" Bei der Neuigkeit zweifelte Jonas plötzlich an seiner Gift-Theorie, für die er ja keinen Beweis hatte.

"Oh ja, der sammelte die Pillen und warf sie sich dann alle gemeinsam ein. Konnte grade so gerettet werden, aber das wird Sie wohl nicht interessieren."

"Stimmt! Also, ich werde Herrn Ria-äh, Novak davon informieren, dass Sie mit ihm persönlich zu parlieren wünschen", verabschiedete sich Jonas, der sich insgeheim dafür schalt, beinahe den Namen seines richtigen Chefs ausgeplaudert zu haben.

Doch scheinbar war Kanofsky von

der Todesnachricht seines Ex-
Mitinsassen so betroffen, dass er nur
leise säuselte: "Tun Sie das..."

8. High Noon

Im Bus nach Hause simste Jonas
dem Chefredakteur Novak, dass ihn
Kanofsky nur persönlich über prekäre
Vorgänge in der Szene zu informieren
gedenkt, und dem Chefredakteur
Riasek, dass er sich mit dem Besuch
bei einem Millionär erste Sporen bei
Novak verdient habe.

Daheim fand er Senta vor dem Flat-
TV vor, wo sie sich von einer albernen
Spiel-Show unterhalten ließ, jedoch
sofort abschaltete, als er eintrat.

"Sie Arme sitzen hier fest ... fehlt
Ihnen nicht das Rauschhafte,
Experimentelle auf dem Weg zur Ich-
Findung?", neckte er sie und rasselte
mit seinen Wohnungsschlüsseln.

"Was meinen Sie? Disco-Besuche?"

"So was in der Art. Wie wär's, wenn
ich Sie zum Essen ausführe, Senta?"

"Supertoll, ich verspüre schon einige
Zeit ein flaues Gefühl, das man
gemeinhin Hunger nennt."

"Und mit der neuen Haarfarbe wird
Sie keiner Ihrer Verfolger erkennen",
beteuerte Jonas ernst.

"Vor allem, weil ich mich immer
hinter Ihnen verstecken werde",
lächelte sie freudig.

Beide marschierten nebeneinander Richtung Innenstadt, wo ein beliebtes Fast-Food-Lokal Abhilfe gegen Magenleere versprach. Senta schien von ihrem Verfolgungswahn befreit, denn sie drehte sich kein einziges Mal um. Schließlich deutete sie mit dem Finger nach oben.

"Das schön geschwungene, wie der Stern von Bethlehem gelb-gold glänzende, große M gibt mir immer Hoffnung."

"Auf was hoffen Sie denn?", erkundigte sich Jonas erstaunt.

"Auf Sättigung!"

"Jaja... Nah am Abgrund unserer Frustration dürfen profane Bedürfnisse nicht vernachlässigt werden."

"Am Abgrund?"

"Na, Sie sind doch auf der Flucht", erinnerte er sie.

"Ja, das stimmt leider. Vielleicht brauch ich einen Psychiater."

"Wissen Sie, was so einer hören will? *Erzählen Sie mir was über Ihre Mutter.*"

"Meine Mutter sagte immer, Männer sind nur dazu da, um die bockigen Verschlüsse von Einmachgläsern aufzubekommen."

"Das wollte ich nicht gerade hören."

"War ja für den Psycho-Onkel bestimmt."

Beide lachten und fühlten die innere Anspannung in ihren Körpern weichen.

"Was die bockigen Einmachgläser betrifft: einfach damit auf die Straße laufen und kräftige Passanten um deren Öffnung bitten", schlug er ihr vor.

Vor dem Touchpad im Lokal bemerkte Jonas: "Also epikureische Mahlzeiten und erstklassige Weine werden wir hier nicht vorgesetzt bekommen. Aber wenn man mich füttert, bin ich lieb und man, bzw. Frau kann alles von mir haben. Was möchten Sie, nachdem uns beide der Lockruf der Fast Food-Sünde hier hereingerufen hat?"

"Den Doppel-Whopper und Pommes und ein Eis!"

"Na, hoffentlich friert Ihnen danach nicht die Zunge ein!"

Mit vollen Tabletts nahmen sie Platz in der Sitzecke am Fenster, um sich mit den andern Gästen, die sich für eine Weile die Gemeinsamkeit des Raumes mit ihnen teilten, an den reichhaltigen Kaloriensünden zu delektieren. Eine angenehme Geräuschkulisse aus Geflüster, Gekicher und Gelaber tönte zwischen den Kaugeräuschen in aller Ohren.

In der heimeligen Atmosphäre wollte Jonas ein Bonmot anbringen: "Wissen Sie, was Paul Bocuse einmal sagte? Nouvelle Cuisine heißt gewöhnlich zu wenig auf dem Teller und zu viel auf der Rechnung."

"Hübsch formuliert! Ach, wie gern würde ich ganz banale Dinge machen, wie zum Beispiel ins Kino gehen", mampfte sie unbefangen.

"Ich auch, aufgrund meines stressigen Berufs komme ich leider viel zu selten dazu. Daran ging auch meine letzte Beziehung in die Binsen", gestand ihr Jonas. "Den Kinofilm, an den ich mich noch erinnern kann ... Ja, das war *Die Gefährten* von Herr der Ringe. Eine Materialschlacht der Extraklasse. Das Geld, das bei dem Film verpulvert wurde, möcht' ich gern haben."

"Wir könnten auch Gefährten werden", hauchte sie mit einem sehnsüchtigen Blick, den sie rasch senkte. "Gefährten des Grauens, wenn ich an meine Verfolger denke. Sehen Sie sich nur meine Jacke an. Das ist gar nicht meine! Die habe ich gegen eine andere in einem Café getauscht. Damit ich nicht so auffalle und mir die Kapuze überziehen kann."

"Welche Jacke hatten Sie denn vorher an?"

"Eine strahlend weiße Jacke, so weiß wie meine Weste und die Fingerknöcheln von denen, die hinter mir her sind."

"Wenn Sie so sprechen, man könnte beinahe auf die Idee kommen, Sie leiden an Verfolgungswahn."

Wieder musste sie lachen. "Ja, da

haben Sie wohl recht!"

Kaum hatten sie ihr Essen intus, als ein mittelschwer angetrunkener Rowdy Senta unverschämt anmachte: "He, Mädel! Ich kann dich schneller bumsen als der Wichser da bei dir!"

"Mich interessiert die Beweglichkeit Ihrer Genitalien wirklich nicht", versicherte sie ihm sachlich.

"Hau ab, sie ist sehr glücklich mit mir", versuchte Jonas mit etwas mehr Emotion, den Störenfried zu verscheuchen.

"Jaja", murrte dieser, "aber ihr Gesicht scheint das nicht zu wissen. In deiner Gegenwart wirkt sie total verpeilt!" Zudem verbreitete er einen Geruch, der von einer Nacht in einem Abfalleimer kündete, was auch einige Flecken an seiner abgewetzten NATO-Jacke bekräftigten.

"Lassen Sie uns gefälligst in Ruhe!", ermahnte sie ihn in sich fast überschlagender Stimme. "Sonst werden Sie es noch bitter bereuen."

"Holst du dann die Bullen oder was? Eins-drei-drei, ruf doch die Polizei, bevor die kommen is schon alls vorbei!" Der Kerl schien auf Provokation aus zu sein und rüttelte - wie man gern umgangssprachlich in Wien sagte - am Watschen-Baum.

"Sie werden nicht lang genug leben, um in den Knast zu kommen." Jonas stand langsam auf, seine Hände an den Seiten herabhängend, so als hätte er an den Hüften je einen Colt bereit und warte nur sehnsüchtig auf die Gelegenheit zu einem Duell um 12 Uhr mittags.

Von hinten griff eine große Hand an den Kragen des Betrunkenen und zog ihn mit sanfter Gewalt weg. Senta drehte den Kopf wieder zu Jonas.

"Endlich ist der Störenfried fort", stellte sie erleichtert fest. "Sonst hätten Sie ihn fertiggemacht, stimmt's Jonas."

"Ja klar, davon kann man wohl sprechen! Dem hat sein Kumpel das Leben gerettet", behauptete dieser, sah den sich entfernenden, üblen Gestalten nach und beugte sich dann zu ihr. "Möchten Sie noch etwas? Eine Apfeltasche vielleicht?"

"Nein, danke, der widerliche Alkoholiker hat mir den Appetit verdorben. Aber ich benötige frische Unterwäsche und eine neue Strumpfhose. Ich habe hier in der Nähe einen Shop gesehen. Gehen Sie mit mir dorthin?"

"Gerne, ich zahle Ihnen die nötige Ausstattung", bot er ihr Gentleman-like an.

"Oh nein, das kann ich nicht annehmen, ich besitze noch etwas Bargeld."

Ja, erinnerte sich Jonas insgeheim,

265 Euro und ein paar Cents.

In dem Shop erstand Senta eine Fünfer-Packung Slips in zartrosé, zwei farblich darauf abgestimmte BHs in Größe 85b und einen Pulli, ebenso in zartem Rosa und eine nude-farbene Strumpfhose. Es stimmte das Klischee von Glücksgefühlen beim Einkaufen, denn ihre Miene verriet tiefe Zufriedenheit. Arm in Arm schlenderte sie mit Jonas die Rotenturmstraße entlang, die Touristen schoben sie durch die Straße, sich zu bewegen war nicht notwendig. Hinstellen am Anfang und in gefühlten 16 Sekunden war man am Stephansdom angelangt, ohne sich aktiv bewegen zu müssen. Ausgelassen lachte Senta, die sich in der Menschenmasse sicher fühlte.

"Also an Klaustrophobie leiden Sie nicht, was, Senta?"

"Nein, ich finde es herrlich, Teil einer menschlichen Ansammlung zu sein."

"Wollen wir noch auf einen Kaffee in die AIDA?"

"Ich fürchte, da kriegen wir keinen Platz mehr. Durch die Kälte ist die ganze Konditorei voll besetzt."

"Dann lassen Sie uns zurückgehen, oder vielmehr uns von den andern zurückschieben", schlug ihr Jonas vor.

Zurück auf der Rotenturmstraße wollten sie zur Kreuzung, welche zur Schwedenbrücke führte. Dort wurde es endlich wieder weniger turbulent. Noch vor der Brücke sahen sie in einiger Entfernung einen Menschenauflauf.

"Oje, da ist sicher ein Unfall passiert", ahnte Jonas schon kommendes Unheil.

"Lassen Sie uns hingegen, vielleicht können wir ja helfen", meinte sie.

Etliche Menschen waren - nach dem Knipsen des Geschehens - schon weitergewandert, daher konnten sie sich beide leicht zwischen den noch übrigen Leibern hindurch mogeln. Senta prallte zurück bei dem Anblick einer jungen, blonden Frau, die allem Anschein nach von einem Mercedes angefahren worden ist und reglos auf dem Asphalt lag.

"Oh Gott! Schnell, kommen Sie weg von hier", raunte sie ihm zu und zog ihn mit erstaunlicher Kraft am Ärmel fort.

"Vorsicht, Sie reißen mir ja noch die Kleider vom Leib", protestierte er, stutzte beim Blick in ihr Gesicht, über das Tränen liefen. "Kennen Sie die Frau? Ist sie eine Freundin von Ihnen?"

"NEIN, aber meine Doppelgängerin", sagte sie in stark gehetztem Ton. "Eine langhaarige Blondine in Jeans und einer weißen Jacke. Genau so eine Jacke trug ich zuletzt, ehe ich sie gegen diejenige, die ich jetzt anhabe, getauscht habe. Verstehen Sie nicht?

ICH sollte jetzt da liegen!"

"Aber Senta", wollte er sie beruhigen. "Das ist sicher so eine Klima-Kleberin, die von einem wütenden Autofahrer überfahren wurde, die Ähnlichkeit kann nur ein ganz unglaublicher Zufall sein."

"Unglaublich, ja!" Mit fahrigen Bewegungen strich sie sich nervös das gekürzte schwarze Haar ins Gesicht.

Es erschien ihm vollkommen sinnlos, noch weitere humorige Beschwichtigungsversuche zu unternehmen. Wortlos eilten beide in die nahe U-Bahn-Station, um zurück in seine Wohnung zu fahren. Dort angekommen rannte sie sofort mit ihren Einkäufen ins Badezimmer. Lautes Prasseln von Wassertropfen kündete von einer ausgedehnten Dusche.

Will sie sich ihre Schuld vom Körper waschen, fragte sich Jonas, oder ablenken von dem Eindruck, dass eine falsche Frau an ihrer Stelle einem Anschlag zum Opfer fiel. Ich glaub, ich erlebe gerade die große Story, hinter der ich schon ewig her bin...

9. In der Höhle des Löwen

Presse-Chefredakteur Novak hatte Jonas erneut zu sich gebeten. Seinem scharfen Journalisten-Blick entging nicht die leichte Schwellung dessen Riechorgans.

"Hat Sie Kanofsky etwa geschlagen?"
In Novaks Ton lag ein Hauch von
Besorgnis.

"Äh-kaum, seine Faust streifte nur
ganz kurz meine Nasenspitze und er
hat sich ja schon mit einem üppigen
Lachs-Frühstück in seiner vornehmen
Villa bei mir entschuldigt."

"Das ringt mir Respekt ab", zollte
ihm dafür Novak Anerkennung. "Dass
Sie sich nicht gleich beschweren und
die Sache noch herunterspielen. Ich
werde mich persönlich mit Kanofsky
treffen. Er scheint ja ein echt
interessanter Charakter zu sein."

"Davon können Sie ausgehen, Herr
Novak. Vor allem ist er stinkreich und
umgibt sich mit exklusiven Models, was
seiner ältlichen Mutter leider ein Dorn
im Auge ist."

"Ihr launiger Rapport darüber macht
wirklich Lust auf eine Begegnung mit
diesen Leuten. Und darum möchte ich
Sie noch einmal einsetzen. Diesmal zu
einem weit weniger gefährlichen Ort.
Kennen Sie die Firma Zelltech Bionic
GmbH & Co KG?"

Die Worte versetzten Jonas einen
leichten Schock, denn er erinnerte sich
selbstverständlich, wer dort gearbeitet
und angeblich 100.000 Euro
unterschlagen hat. "Ja, nur dem
Namen nach."

"Eine Informantin rief mich an und

erzählte mir von merkwürdigen Versuchsreihen", teilte ihm Novak im Plauderton mit. "Offiziell wissen wir also nichts davon. Es wäre hilfreich, wenn Sie sich dort einmal unverbindlich umschauen, um einen Interviewtermin ansuchen und eine Reportage versprechen. Mit Ihrer pfiffigen Art bekommen Sie womöglich sofort ein kleines Interview."

"Das mache ich sehr gern", versicherte ihm Jonas glaubhaft und erhob sich schon. "Ich melde mich noch heute bei Ihnen, wenn nicht, können Sie davon ausgehen, mich in dem Labor als Versuchsperson wider Willen vorzufinden, dann informieren Sie Kommissar Huber von der Kripo, denn mit dem hab ich schon einmal erfolgreich zusammengearbeitet."

"Richtig", fiel Novak ein. "Sie waren ja Polizeireporter. Fehlt Ihnen der Reiz dieser Tätigkeit?"

"Kaum, ich bin ja bereits in einem Alter, wo sich andere schon zur Ruhe setzen."

"Sie haben einen herrlichen Humor, Herr Jericho", verabschiedete sich Novak mit einem warmen Händedruck.

Da hab ich mich auf was eingelassen, bedauerte Jonas auf der Fahrt mit dem Bus seine voreilige Zusage. Warum hab ich nicht eine Ausflucht erfunden. Dieser blauäugige

Fuchs schickt mich anstatt seiner
festangestellten Reporter in den Krieg
und wartet in aller Ruhe auf meine
Berichte, die er dann in seinem
Qualitätsblatt versilbert.

Seiner trüben Gedanken ungeachtet
fand er sich wenig später im Foyer der
Firma Zelltech Bionic GmbH & Co KG,
welche über einen großen
Gebäudekomplex im 21. Bezirk
verfügte. Eine modisch gekleidete
blonde Dame jenseits der 50 empfing
ihn und fragte, ob er einen Termin
hätte.

"Nein, ich kam auf gut Glück, um
für die Zeitung 'Die Presse' ein
Interview mit einem Ihrer Gesellschafter
machen zu dürfen", erklärte er und
wirkte beim Präsentieren seines
Presseausweises so überzeugend, dass
die Gute wirklich sofort ihren
Vorgesetzten anrief und diesem den
überfallsartigen Besuch mitteilte.

"Herr Kleindienst empfängt sie in
seinem Büro", flötete die Blonde,
"dritter Stock, Zimmer 113."

"Na, zum Glück bin ich nicht
abergläubisch", scherzte Jonas, was die
Empfangsdame nur mit einem
gequälten Lächeln quittierte.

Der Raum hinter der Tür mit den
goldenen Ziffern 113 zeigte sich größer
als Jonas' Wohnung, allerdings
spärlicher möbliert. Hinter einem

gläsernen Schreibtisch gespickt mit metallgerahmten Fotos thronte ein älterer Herr, von Statur überhaupt nicht klein, in einem schwarzen Anzug, der wohl ein Monatsgehalt von Jonas gekostet haben mochte. Auch die blitzblank polierten Schuhe schienen einem Geschäft zu entstammen, in das sich ein 08/15-Reporter niemals zu einem Schuh-Kauf hinein gewagt hätte.

"Wer hat Sie zu mir geschickt?" Das war seine erste Frage, ohne vorherige Begrüßung.

"Mein Chefredakteur, Herr Novak."

"Einfach so?"

"Tja, äh-wie das so üblich ist, will er sehr gerne eine Reportage über Ihr grandioses Erfolgsunternehm-"

"Kommen Sie mir nicht mit dem üblichen Gesülze an", unterbrach ihn der Mann rüde in Manier eines Generals, der sich über seinen unfähigen Adjutanten ärgerte. "Sonst werfe ich Sie eigenhändig hochkant hinaus. Ersparen Sie mir die übliche Speichelleckerei und reden Sie Tacheles!"

Wissend nickte Jonas, er wusste, wenn er Erfolg haben wollte, musste er einiges verraten, ohne Köder kein Fisch. "Um ehrlich zu sein, es gab da einen Hinweis."

Kleindiensts breites Gesicht geriet durch ein Grinsen noch breiter. "Ein

Vorkommnis ließ mich an der Integrität von zumindest einem der Mitarbeiter zweifeln. - oder berechtigte Zweifel hegen."

"Ach???" Jetzt wird's interessant, dachte Jonas noch optimistisch.

"In so einer Firma wie meiner gibt es immer jemand, der sich übergangen oder schlecht bezahlt fühlt. Ich nehme an, der Hinweis stammt von einer Frau."

"Ja, das ist wahr, doch hat sie keinerlei Interna verraten."

"Das glaub ich sogar, denn sonst wären Sie nicht hier, sondern säßen schon eifrig hinter Ihrem Notebook und würden irgendeine Verleumdungskampagne starten."

"Also bitte, Herr Kleindienst, wir sind eine respektable Zeitung und kein Revolverblatt. Darf ich mich setzen?"

Mit einer weltmännischen Geste erlaubte es ihm Kleindienst, wartete, bis sein Besucher auf dem teuren Ledersessel Platz genommen hatte und gab seiner Stimme einen weichen Klang: "Wie würden Sie die Informantin beschreiben?"

"Pfff, hübsch, alles dran, ihre Zähne waren großartig."

"Ich meine ihre Art."

"Hm, also ich habe sie ja nur ganz kurz gesehen, mir kam sie etwas verschreckt vor, so gehetzt wie ein Reh, das der böse Wolf aus dem großen Wald verjagt hat."

"Sie gefallen mir, Herr ???"

"Jericho! Jonas Jericho!"

"Herr Jericho, was hat Ihnen das scheue Reh denn so alles erzählt?"

Dieser unheimliche Alte erinnerte Jonas an den Zahnarzt aus 'Der Marathonmann', den Laurence Olivier derart fulminant gespielt hatte, dass einem die Gänsehaut unter der Kleidung wuchs.

"Mir überhaupt nichts, aber Herrn Novak gegenüber dürfte sie etwas ausführlicher geworden sein", log Jonas frech, denn irgendwie wollte er es dem smarten Presse-Chefredakteur heimzahlen, dass er ihn zu einem irren Ex-Psychiatriepatienten geschickt hatte. "Sie sagte - soviel ich verstanden habe - etwas von äh-sehr merkwürdigen Versuchsreihen."

"Sieh an, sieh an, was manche weiblichen Wesen gleich alles ausplaudern, und da bekommt man noch Probleme, wenn man sich weigert, die Frauenquote zu erfüllen."

Ein Chauvinist ist der eitle Pfau auch noch, dachte Jonas und hütete sich, sich seinen Ekel anmerken zu lassen.

"Tja, Herr Kleindienst, der Zeitgeist ändert sich. Jedenfalls hat mich mein Chef hierher gesandt, um IHNEN die

Möglichkeit zu geben, die Geschichte richtigzustellen."

"Och, wie edelmütig von dem", ätzte der Mann, der so zirka zwischen 53 und 63 sein musste, aber tipptopp gepflegt.

Allein seine Maniküre musste ihm monatlich mindestens 100 Euro kosten, schätzte Jonas und hob zum nächsten Schlag an: "Wie wäre es, wenn Sie mich durch Ihr Labor geleiten würden, Herr Kleindienst, damit ich mir selbst ein Bild von der Versuchsreihe machen kann."

"Na, soweit kommt's noch", spottete Kleindienst, der zu diesem Dienst sichtlich nicht bereit war. "Ich habe ja schon Unglaubliches erlebt."

"Ich auch, auf einer Englandreise erschien mir der Geist Agatha Christies", rutschte es Jonas heraus.

"Das ist noch gar nichts! Mir erscheint regelmäßig Attila, der Hunnenkönig. Frisst zuviel und schei-"

Schnell unterbrach ihn Jonas: "Jaja, ich weiß schon, wie es weitergeht!"

"Trau nicht dem jungen Morgen und auch nicht dem Lächeln deiner Schwiegermutter."

"Was sollen diese Sinnsprüche?", forschte Jonas, der nun befürchtete, gleich wieder einen Nasenstüber zu bekommen.

"Zum Nachdenken bringen!", zischte

Kleindienst mit einem drohenden Unterton und beugte sich nach vorne, wobei er beide Hände flach auf seinen gläsernen Schreibtisch legte, direkt neben dem Foto eines flotten Segelbootes.

Automatisch richtete sich Jonas auf dem Besucher-Sessel etwas auf und griff sich mit einer Hand in sein Sakko, dorthin, wo die zivilen Cops in Filmen ihre Waffen versteckt hatten.

Der Trick schien zu wirken, denn Kleindienst ließ sich augenblicklich wieder zurück in seinen Ohrensessel fallen. "Sie waren ehrlich zu mir und ich will auch mit offenen Karten spielen. Ihre Informantin hat sich die erkleckliche Summe von 100.000 Euro aus der Firmenkasse genommen. Seither ist sie spurlos verschwunden. Offenbar hat sie sogar ihr geliebtes Smartphone auseinandergebaut oder auch in der Donau versenkt. Ich habe zwar die Polizei informiert, doch liegt mir nicht an einer ausführlichen Berichterstattung über einen derart dreisten Diebstahl. Wenn Sie Ihrer Informantin ins Gewissen reden, dann-"

"Sie ist nicht MEINE Informantin, sondern die von Herrn Novak", beteuerte Jonas mit einer abwehrenden Geste, dem zusehends unwohler in seiner Haut wurde. Soviel stand für ihn fest: mit seinem Gegenüber war nicht gut Kirschen essen.

"Egal! Es ist doch völlig widersinnig, dass jemand, der seinen Arbeitgeber zuerst bei der Presse anschwärzt, diesen danach bestiehlt."

"Ja, dieser Meinung schließe ich mich an", beeilte sich Jonas zu sagen. "Es kann aber auch sein, dass diese Frau sich die 100.000er als Schweigegeld genommen hat."

"Ach, und ich soll Ihnen jetzt ein Interview dazu geben, oder wie sehe ich das?"

"Aber, Herr Kleindienst, das ist doch ganz einfach: Sie teilen der Öffentlichkeit nur das mit, was für diese wichtig ist. Von dem Diebstahl brauchen Sie ebenso wenig zu erwähnen wie von den merkwürdigen Versuchsreihen. Woran forschen Sie denn gerade?"

"DAS GEHT SIE NICHTS AN!"

"Wen? Mich oder die Öffentlichkeit?"

"Beide!" An Kleindiensts rechter Schläfe buchtete sich eine Schlagader aus. "Sie sollten Ihre leicht verschwollene Nase nicht in Angelegenheiten stecken, die für Sie tabu sind!"

"Das würde mir doch niemals einfallen, lieber Herr Kleindienst", meinte Jonas rasch.

"Kann es möglich sein, dass die Informantin bei Ihrem Chef

Unterschlupf gesucht hat?"

"Keine Ahnung", zuckte Jonas die Schultern. "Kann sein, ich weiß davon wirklich nichts, ich soll doch bloß einen Termin für eine Reportage erwirken. Glauben Sie mir, ich denke nicht im Traum daran, mich an irgendwelchen Konzern-Intrigen zu beteiligen."

Nun setzte Kleindienst ein beinahe väterliches Lächeln auf.

"Das will ich Ihnen auch nicht geraten haben. Ich muss mir das wegen der Reportage noch gründlich überlegen, ich melde mich bei Ihrem Chefredakteur persönlich", versprach er und sah bereits zur Tür, was wohl den Abschiedsgruß bedeutete.

Stumm erhob sich Jonas und zog sich zurück. Nicht einmal den Lift wagte er zu benutzen, aus Angst, er könne darin steckenbleiben. Hier in dem eindrucksvollen Bau, bei so einem übellaunigen Chef konnte man schon eine Art von Paranoia entwickeln. Langsam wurde ihm klar, dass er mit seiner saloppen Art den Chefredakteur der Presse in arge Verlegenheit gebracht hat. Dieser Kleindienst schien zu allem fähig, um zu seinem Geld zu kommen. Es wäre daher nicht verwunderlich, wenn er oder vielmehr einer seiner Securities nachts in das Presse-Gebäude im 3. Bezirk eindringen und nach Senta suchen würde. Oder, noch schlimmer, zu einer Zeit, in der sich Novak noch darin aufhielt, um von dem Handlanger in die Mangel genommen zu werden. Das könnte ins Auge gehen, war sich Jonas sicher, und das wäre schlimmer als nur eine leicht lädierte Nase.

10. Bei Freunden und Helfern

Nolens volens hatte er den Entschluss gefasst, bei Kommissar Huber vorstellig zu werden, doch erfuhr zu seinem Schrecken, dass dieser in einen Kurzurlaub in die Berge gefahren sei. Die Angelegenheit konnte leider nicht warten, sie wurde von Minute zu Minute dringlicher. Daher versuchte der von Kleindienst eingeschüchterte Jonas, den diensthabenden Polizisten im Sicherheitsbüro die Situation zu verdeutlichen. Natürlich verschwieg er ihnen Sentas Anwesenheit in seiner Wohnung.

"Waren Sie bewaffnet, als Sie diesem Kleindienst gegenüber saßen?", fragte der eine Zivilbeamte scharf.

"Nein, natürlich nicht. Meine Waffen sind die Worte, ich bin schließlich Journalist."

"Pah, ein Schreiberling", sagte der andere verächtlich.

"Der bildet sich noch was drauf ein", meinte der erste.

Beide trugen billige, schlecht

sitzende Anzüge, denen man die Herkunft von der Stange im Sonderangebot deutlich anmerken konnte. Den Kopf des Älteren zierte ein Linksscheitel, dessen erste Reihe von Haaren er sich so lang hatte wachsen lassen, dass sie über die Glatze frisierbar waren.

"Also bitte", beschwerte sich Jonas in sich steigernder Nervosität, "etwas mehr Achtung vor der Medienmacht. Wir haben schon viel mehr Verbrechen aufgeklärt als ihr."

Der Beamte mit dem Linksscheitel sah ihn an, als wäre er der Staatsfeind Nr. 1. "Hören Sie auf, mir Scheiße zu erzählen. Ich mache den Job schon zu lange. Seit 30 Jahren."

"Oh, da bekommt man natürlich ein sehr negatives Menschenbild. Sie denken, ich sei genauso abgebrüht und verdorben wie all die Delinquenten, die Ihnen schon Märchen vorgelogen haben."

"Ich denke, Sie gehören dazu, ja, könnte man sagen."

"Und was bringt Sie genau zu dieser Annahme?"

"MEINE LANGJÄHRIGE ERFAHRUNG!"

"Schön, aber auch langjährige Ausübung eines Berufes lässt einen nicht automatisch zum Meister werden. Sie müssen jedenfalls noch lange üben, wenn Sie so jemand wie mich eines Verbrechens verdächtigen."

"Sie wollen also nicht gestehen?"

"Nein, ich will einen Anwalt. Den kann ich mir aufgrund Ihrer langjährigen Erfahrung mit üblen Gesellen ja leider nicht ersparen."

Darauf mischte sich der jüngere Zivilbeamte, der einen flotten Bürstenhaarschnitt trug, wieder ein: "Herr Jericho, wenn wir Sie richtig verstanden haben, dann wollen Sie andeuten, dieser Kleindienst will noch heute in das Presse-Gebäude einbrechen, um eine Informantin zu suchen?"

"Suchen zu lassen. Er persönlich wird sich bestimmt nicht die Hände schmutzig machen. Den hätten Sie sehen sollen, der wirkte auf mich wie eine Kreuzung zwischen Graf Koks von der Gasanstalt und Al Capone. Arroganz gepaart mit krimineller Energie. Mich wundert, dass er seinen Namen von Kleindienst nicht in Großkotz hat ändern lassen. Der hat in seiner Firma einen verbotenen Versuch am Laufen und will-"

"Langsam, gaaaanz laaangsam", mahnte ihn der mit dem Linksscheitel wieder. "Sie beschuldigen einen ehrenwerten Mann, der eine schneeweiße Weste hat."

"ICH BESCHULDIGE GAR

NIEMANDEN", kreischte Jonas.

"Nicht schreien." Der mit dem Bürstenhaarschnitt hob einen Finger. Es hörte sich an wie die sanfte Warnung eines Kindergärtners an einen aufmüpfigen Hosenmatz.

"Können Sie Kommissar Huber nicht anrufen, denn der wird Ihnen meine Integrität sofort gern bestätigen."

"Huber hat uns nur bestätigt, dass er froh ist, die nächsten drei Tage nichts von uns zu hören", informierte ihn der Linksscheitel-Träger beinahe triumphierend.

"In drei Tagen kann es zu spät sein", beschwor ihn Jonas. "Alles, was Sie machen müssen, ist, sich mit mir in das Pressegebäude zu begeben, um Herrn Novak vor einem eventuellen Zugriff von diesem Kleindienst, bzw. seines Schergens, zu schützen."

"Wir müssen gar nichts", stellte der mit dem Scheitel klar.

"Sie haben doch nicht die Spur eines Beweises gegen Kleindienst", erinnerte ihn der flott Frisierte, er schien der gleichen Generation wie Jonas anzugehören. "Alles, was Sie haben, ist die Aussage dieser Informantin und den Eindruck einer arroganten Art von diesem Kleindienst."

"Einer arroganten und GEFÄHRLICHEN Art! Der machte mir stark den Eindruck eines Paten. Ich kann Ihnen nur versichern, dass er statt Marlon Brando die Rolle in dem gleichnamigen Film bekommen hätte."

"Wissen Sie, was?", fragte der vermutlich Gleichaltrige rhetorisch. "Ich begleite Sie zu Herrn Novak, da ich den schon einmal getroffen habe und er mir sympathisch ist. Da ist es weniger peinlich, wenn ich bei ihm umsonst antanze."

"Ich wette mit Ihnen, dass Ihr Einsatz nicht umsonst sein wird!"

"Wette gilt!"

Nur eine dreiviertel Stunde später traf Jonas mit seinem Wettpartner, der sich ihm mittlerweile als Major Weininger vorgestellt hatte, im Foyer der Presse ein. Die Loge der dortigen Empfangsdame war leer, was auch an der schon vorgerückten Stunde lag. Die übliche Bürozeit war um.

"Um Gottes Willen, wenn wir nur nicht schon zu spät gekommen sind", flehte Jonas mit einem ängstlichen Blick über den Tresen. "Gott-sei-Dank! Kein Opfer!"

"Was haben Sie erwartet? Dass in dem Rondeau schon die Leichen all Ihrer Kollegen liegen?", spottete Weininger.

Wie aufs Stichwort öffnete sich die Lifttür neben der Loge und Novak trat heraus. "Oh, welche Überraschung. Herr Jericho und Herr - warten Sie, ich hab's gleich - Weininger!"

"Exakt", freute sich dieser, wiedererkannt worden zu sein. "Ihr Star-Reporter befürchtet einen Anschlag auf Sie."

"Auf mich?" Novaks blaue Augen vergrößerten sich ungläubig.

"Ja-äh, Herr Novak, ich fürchte, mir ist beim Interview von einem gewissen Kleindienst, dem großkotzigen Chef der Firma Zelltech Bionic GmbH & Co KG, ein bisschen zuviel heraus gerutscht. Jetzt glaubt er nämlich, dass sich Ihre Informantin hier bei Ihnen versteckt, darum habe ich gleich jemand vom Sicherheitsbüro mitgebracht."

Novaks Gesichtsausdruck ließ Jonas schon erahnen, dass der Plan Riaseks, ihn hier heimlich als Betriebsspion einzuschleusen, gerade den Bach runterging.

"Wie haben Sie das denn geschafft?", fragte Novak entgeistert. "Davon war doch nie die Rede!"

"Dieser Mensch im Maßanzug ist derart gerissen, der verdreht jedem das Wort im Mund", versuchte sich Jonas, so elegant wie nur möglich herauszureden. "Er faselte etwas von äh-Unterschlupf, Informantin und so weiter, ich glaub, der ist total verrückt."

Weininger konnte die Spannung zwischen den beiden richtig körperlich fühlen und bemühte sich um eine

103

Kalmierung: "Sehen Sie es einfach als Abenteuer an, über das Sie selbst eine Glosse schreiben können, Herr Novak."

"Die Tatsache, dass Sie mitgekommen sind, zeigt mir, dass es ein ziemlich gefährliches Abenteuer werden kann", erkannte Novak, schloss mit einem Schlüssel die gläserne Schiebetür am Eingang des Presse-Gebäudes zu und zog sich in den Lift zurück.

Weininger und Jonas stiegen zu und gemeinsam fuhren sie nach oben, gingen in das Büro von Novak und berieten, was nun zu tun sei.

"Haben Sie schon einmal jemanden Unterschlupf gewährt?", erfragte Weininger mit Blick aus dem Fenster. Er sah nur eine verkehrsberuhigte Seitenstraße, in der einige Parkplätze frei waren. Einige Passanten marschierten in die Richtung der nahen U3-Station.

"Das ist zwar schon länger her, aber ja, es kam tatsächlich schon einmal vor."

"Haben Sie auch davon in Ihrem Blatt berichtet?"

Verhaltenes Nicken. "Wir haben hier im Gebäude eine kleine Wohnung. Auch für den Fall, dass ein ausländischer Kollege auf Besuch kein Hotelzimmer finden kann."

"Kann ich mir die Wohnung mal

ansehen?" Weininger zeigte wirklich Engagement und berufliches Interesse. Eventuell erhoffte er sich auch eine Beförderung, oder zumindest ein Belobigungsschreiben von Novak, oder einen schmeichelhaften Artikel über die Arbeit der Wiener Polizei, die oft genug Schelte einstecken musste. Manche Vertreter des Gesetzes getrauten sich ja nicht einmal ihre Waffen gegen Übeltäter zu benutzen, aus Furcht vor Amnesty International.

"Sicher. Sie liegt sogar auf derselben Etage", offenbarte Novak.

"Da können wir es uns ja gemütlich machen und ein bisschen Karten spielen", scherzte Jonas, worauf ihn zwei böse Augenpaare ins Visier nahmen.

11. Die lange Nacht

Die Wohnung stellte sich als gemütliche Garconniere heraus, sogar mit einer kleinen Küchenzeile, einer lindgrün gekachelten Nasszelle und einem geräumigen Wohnzimmer mit einer zum Bett ausklappbaren Sitzgruppe und zwei bequemen Plüschfauteuils beleuchtet von einem altmodischen fünfarmigen Lüster.

"Kennen Sie den Vorführeffekt?", neckte Weininger Jonas, der auf einem der gemütlichen Plüschfauteuils herumlümmelte.

"Sie meinen, jetzt, wo SIE hier sind, kommt keiner, nicht einmal ein gedungener Killer, was?"

"Es würde mich sehr wundern, denn nachdem Ihnen Kleindienst so deutlich vermittelt hat, dass er beabsichtigt hier nach der diebischen Informantin zu suchen-"

"Wieso diebisch?", mischte sich Novak ins Gespräch ein, der momentan am Fenster stand und die ebenfalls altmodischen Vorhänge mit orange-blauen Blumenmuster zuzog.

"Kleindienst hat Anzeige wegen veruntreuter 100.000 Euro erstattet", klärte ihn Weininger auf.

"Davon hat sie mir nichts gesagt."

"Das glaub ich gern, Herr Novak, haben Sie mit der Informantin persönlich gesprochen?"

"Ja, allerdings nur am Telefon. Wie so oft outen sich solche Leute - wenn überhaupt - dann erst spät. Meist, wenn der Artikel schon wieder vergessen ist." Mit einem vernichtenden Blick aus seinen stahlblauen Augen wandte sich Novak an Jonas: "Was mussten Sie auch meinen Namen ins Spiel bringen?"

"Habe ich ja überhaupt gar nicht", reagierte Jonas instinktiv abwehrend, "das heißt, ja, vielleicht ist er mir rausgerutscht, aber Sie sind immerhin hier der prominente Chefredakteur!"

"Na toll", murmelte Novak und schritt zur Türe, hielt inne und richtete das Wort an Weininger: "Meine Anwesenheit ist doch sicher nicht erforderlich, wenn Sie einen Einbrecher oder gar einen Killer inflagranti erwischen wollen, oder?"

"Ich wette mit Ihnen um jeden Betrag, dass ein solcher hier nicht auftauchen wird", presste der Kriminalbeamte durch die Zähne. Momentan lehnte er wie ein vergessener Partygast an der Küchenzeile.

Novaks Blick wanderte wieder zu Jonas.

"Sehen Sie es doch als abwechslungsreiches Abenteuer", regte Jonas an. "Wann hat man schon die Gelegenheit, sich mit einem erfahrenen Kriminalkommissar in einer nicht ungefährlichen Lage zu unterhalten?"

"Also erstens bin ich kein Kommissar, und zweitens habe ich wenig Lust, hier zu Ihrer Unterhaltung beizutragen. Ich glaube, ich werde auch bald gehen."

"Herr Major Weininger!", rief Jonas aus und sprang auf. "Ich appelliere an Ihre Ritterlichkeit, denn eine junge Frau ist in Gefahr!"

"Woher wissen Sie denn, ob sie jung ist?", wunderte sich Novak.

"Äh-hähä, ich war ja in der Firma Zelltech Bionic und sah da einige

Angestellte. Bis auf die Empfangsdame waren die alle richtig blutjung. Und die 50-jährige am Empfang halte ich für so abgeklärt, dass sie für mich als Informantin ausscheidet. Ich meine, wie solche Frauen, die die Welt verbessern wollen, aussehen, das kennt man ja aus Filmen."

"Langsam verstehe ich, warum Ihr derzeitiger Chefredakteur immer schlecht gelaunt ist", gab Novak lakonisch bekannt. "Sie scheinen manchmal gern übers Ziel hinauszuschießen, Herr Jericho."

"Ich bemühte mich immer, vollen Einsatz zu zeigen und mein mir Möglichstes zu geben. Und Herr Weininger ist genauso veranlagt. Er ist mit mir hergekommen, weil er ahnt, hier einen beruflichen Erfolg verbuchen zu können, ist es nicht so, Herr Weininger?"

"Wenn ich es nicht besser wüsste, würde ich sagen, Sie versuchen gerade, uns beide einzukochen, was? Uns zu manipulieren, mein Freund", konstatierte Weininger mit zusammen gekniffenen Augen.

"Ich sehe jedenfalls keinen Grund, hier noch länger zu verweilen", meinte Novak. "Ich gehe und schalte die Alarmanlage ein."

"Von mir aus", tat Jonas teilnahmslos. "Aber bedenken Sie, dass ein Profi eine solche leicht ausschalten kann, sich dann hier in aller Ruhe umsieht, womöglich großen Schaden anrichtet auf der Suche nach der Informantin und dann noch zu IHNEN in die Wohnung kommt, Herr Novak!"

Diese Aussicht ließ die Mundwinkel des Chefredakteurs etwas betrübt absinken. Schnell zückte er sein Smartphone und begann eifrig darauf einzutippen.

"Ich wette, Sie geben Ihrer Frau bescheid, dass Sie heute Überstunden machen", witzelte Jonas, verbiss sich allerdings das Lachen, als ihn ein giftiger Blick Novaks traf.

Weininger inspizierte inzwischen den Kühlschrank, in dem sich einige Dosen Energy Drinks befanden, von denen er sich eine griff und sie spritzend öffnete, um deren Inhalt auf ex durch seine Kehle rinnen zu lassen. Die leere Dose zerdrückte er mit einer Hand und warf sie zielsicher in einen Papierkorb neben der Küchenzeile.

"Sie können ganz beruhigt sein", beschwichtigte Jonas den immer noch eifrig tippenden Novak, "unser Herr von der Polizei ist ja sicher bewaffnet."

Wie zum Beweis lüpfte Weininger kurz sein Sakko, unter welchem er ein Pistolenhalfter trug, das mit einer Glock bestückt war.

"Na sehen Sie, Herr Novak, alles

bestens!", fuhr Jonas fort. "Ich habe
mir ja auch schon überlegt, mir so
einen Waffenschein zu besorgen, bei all
den Irren, die unsere Gegend unsicher
machen."

"Sie meinen sicher einen
Waffenpass. Weil so ein Waffenschein
berechtigt nur zum Besitz einer Waffe,
nicht dazu, diese bei sich mitzuführen.
Dazu benötigt man einen Waffenpass",
explizierte Weininger in Manier eines
Rektors, der außer seinen Schülern
noch den Lehrern seine Weisheit auf
die Augen drücken will.

"Wie überaus interessant",
schmeichelte ihm Jonas. "Was war
denn Ihr bisher amüsantester Einsatz,
Herr Weininger? Sie waren sicher nie in
einem miesen Vorort, wo die Straßen
löchrig werden, die Gehsteige schief
und die Pflastersteine auf Polizeiwagen
fliegen, was?"

Der derart Angesprochene verfiel
sichtlich. "Soll das eine Anspielung auf
das Schieben einer ruhigen Kugel
sein?"

"Nein-nein, natürlich nicht, ich
meinte nur..."

"Wenn Sie's genau wissen wollen, bei
meinen häufigsten Einsätzen musste
ich die vom Schlosser wieder
versperrten Türen mit dem polizeilichen
Siegel versehen. Und mein
zweithäufigster Tätigkeitsbereich ist die

monotone Schreibarbeit der Protokolle."

"Also ich finde, Schreibarbeit kann wirklich sehr spannend sein, aber nichts im Vergleich dazu, wenn man in Ausübung seines Berufs mit einem Fuß praktisch im Grab steht, was? Hahah-" Jonas verging das Lachen bei Weiningers düsterer Miene.

"Wie sieht denn so Ihre Arbeit als Zeitungs-Schreiberling aus?", provozierte der Polizist in Zivil nun, während er sich müdäugig auf dem andern Plüschfauteuils niederließ.

"Tja, also, bisher erlebte ich schon viel Unglaubliches. Aber ich gebe zu, auch ich muss die meiste Zeit das Erlebte tippen."

"Und Ihr Chefredakteur muss Ihre Unzulänglichkeiten kaschieren", schätzte Weininger spöttisch. "Was mir so besonders in letzter Zeit aufgefallen ist, sind die vielen Rechtschreibfehler in den Tageszeitungen. Korrigiert die keiner oder KEINE mehr? Neuerdings muss man ja gendern."

"Sie wissen sicher, wie schnelllebig unsere Zeit ist und die Arbeit eines Journalisten besonders. Nichts ist so alt wie die Neuigkeiten von gestern, was soll man da groß Zeit an die Verbesserung von Fehlern verschwenden, die unser Gehirn ohnehin beim Lesen übersieht."

"ICH ÜBERSEHE NICHTS!", schrie

ihn Weininger an.

"PST! Nicht so laut, sonst vertreiben Sie noch den Killer!", warnte ihn Jonas und legte eine Hand ans Ohr. "Ich glaub, ich hör da was."

"Das ist nur der Kühlschrank!" Novak schlich in der kleinen Wohnung auf und ab wie ein Tiger im Käfig. "Soll ich euch etwas sagen? Mir reicht's, ich gehe!"

"Herr Novak", wollte ihn Jonas zum Bleiben auffordern, da er schon ahnte, dass bei seinem Abgang auch der müde Major nicht länger hier Wache halten würde. "Wir könnten doch zur Unterhaltung einen Sesseltanz machen, wie heißt das Spiel nochmal, ah ja, die Reise nach Jerusalem. Es ist ja noch nicht einmal Mitternacht!"

"Falsch!" Novak hielt ihm zur Kontrolle seine Rolex unter die Nase hin. "Es ist 0.15 Uhr und daher ziehe ich mich jetzt in mein Privatleben zurück. Ich habe nämlich eins! Sie beide können jedoch gern hier weiter ausharren!"

"Gute Nahacht!", verabschiedete ihn Weininger und gähnte demonstrativ. "Ich werde spätestens um halb Eins hier abrücken!"

"Das können Sie nicht machen!", appellierte Jonas an ihn. "Wenn schon der Chefredakteur hier zu feig-äh-zu fein ist, weiter auf die günstige

Gelegenheit zu warten, einen Täter inflagranti zu schnappen, dann können Sie nicht auch noch Fersengeld geben, Herr Major Weininger."

"Haben Sie eine Ahnung, was ich alles kann. Wenn ich will, dann gehe ich auch sofort!", kündigte dieser an und erhob sich trotzig.

"Sie sind schwer bewaffnet und können einen Gegner sicher zwischen die Augen treffen", schmeichelte ihm Jonas, "wir zwei Zivilisten können ihn höchstens mit einem Judogriff ausschalten. Obwohl mein letzter Kurs schon Jahre her ist. Anstatt des Schwarzen Gürtels habe ich mir nur blaue Flecken erworben."

"Die ganze Idee, hier auf jemand zu warten, der mit an Sicherheit grenzender Wahrscheinlichkeit nicht auftaucht, solange irgendwer auf ihn wartet, ist eh vollkommen unsinnig!" Entschlossenen Schrittes eilte Weininger zur Eingangstür, riss sie auf und erschrak: vor ihm stand ein vollbärtiger Mann in schwarzer Kleidung, kaum von der dunklen Umgebung auszunehmen.

Ohne sich von dem Schock erholen zu können, traf den armen Polizisten ein wuchtiger Faustschlag, worauf er rücklings zu Boden fiel, sein Sturz nur durch einen blauen Teppichbelag wenig gedämpft.

Der Bärtige kam herein, als wäre er hier zu Hause, stieß die Tür mit dem Fuß hinter sich zu, bückte sich und entwaffnete Weininger, welcher besinnungslos vor ihm lag. All das schien im Zeitraffer abgelaufen zu sein und er baute sich breitbeinig in nur einem Meter Entfernung vor Novak auf. Seine schwarz behandschuhte Hand hielt nun Weiningers Glock auf ihn gerichtet, worauf Novak naturgemäß rasch zurückwich. Jonas kauerte ängstlich daneben in dem Fauteuil, von dem er sich wünschte, dass dieser einen Schleudersitz eingebaut hätte.

Dieser gemeine unerwünschte Besucher stand in Militärstiefeln vor ihnen, über die locker eine schwarze Drillichhose fiel, die ebenso schwarze Jacke wölbte sich in Brusthöhe, was auf eine in böser Absicht mitgebrachte Faustfeuerwaffe darunter schließen ließ, der dichte Bart musste wohl angeklebt sein, darüber trug der Eindringling eine dicke Hornbrille mit Fensterglas, über der sich eine Hutkrempe wölbte. Mit dieser ausgezeichneten Verkleidung würde es bei einer Gegenüberstellung äußerst schwer werden, ihn wiederzuerkennen. Falls es denn überhaupt zu einer solchen käme, denn der Mann in Schwarz sah hinter seiner Hornbrille mit zwei eher mordlüsternen braunen

Augen von einem potentiellen Opfer zum andern. Diese waren stumm und starr vor Erstaunen und Schreck über die Bedrohung.

"Sie ist nicht hier!", fand Novak als Erster seine Stimme wieder. "Mein Redakteur hat die Sache mit der Frau nur erfunden, damit er mir beweisen kann, eine Reaktion heraufzubeschwören. Wir werden die Sache auf sich beruhen lassen. Und unser Herr von der Polizei kann Sie unmöglich identifizieren."

"Ich weiß", wisperte der Fremde, dessen bedrohliche Attitüde jedoch laut für sich sprach. "Ihr Redakteur kann die Frau nicht erfunden haben, er hat sie genau beschrieben."

"Hab nur gut geraten", behauptete Jonas angesichts der Mündung einer Polizeidienstwaffe schnell. Der Schweiß brach ihm aus allen Poren. In kleinen Bächen fühlte er Ströme seiner Ausdünstung langsam den Rücken hinablaufen. "Ich meine, großartige Zähne haben doch alle Angestellten in dem Labor, oder etwa nicht? Und die Art eines scheuen Rehs würde ich selber als Frau gebrauchen, um bei mächtigen Männern Eindruck zu schinden."

Die Glock richtete sich daraufhin wieder auf Novak, der mit dem Ausdruck 'mächtiger Mann' klarerweise gemeint gewesen ist. Die Wildwuchs-Miene dessen, der die tödliche Waffe in seiner rechten Pranke hielt, spiegelte totale Emotionslosigkeit wider.

"Ich schwöre bei allem, was mir heilig ist, ich habe die Informantin nie persönlich getroffen, sie hat mich nur angerufen und ich habe dummerweise jemand zu der von ihr angegebenen Adresse geschickt. Mehr war nicht!" Novak schien seine Angst, wenn er denn welche verspürte, hervorragend verbergen zu können, deutete mit dem Kopf Richtung Jonas. "Die Idee, die Polizei hierher zu zitieren, stammt von ihm!"

Schon richtete sich die Mündung der Glock auf Jonas.

"Sie kö-können ganz unbesorgt sein", stammelte dieser unbeholfen. "Der Kerl von der Kripo ist völlig unfähig. Sie haben's ja selbst gesehen: fällt nach einem simplen Schlag gleich um wie ein Stück Holz. Der kann nicht einmal ohne Rechtschreibfehler ein Protokoll abtippen. Das können Sie mir ruhig glauben."

Novak warf ihm einen empörten Blick zu, er fand es auch in dieser Situation verwerflich, einem Polizisten Fehler anzuhängen.

Und Jonas redete weiter um sein Leben: "Sie sind zwar ein Killer, aber keiner von uns erwartet, dass Sie dieser

Bezeichnung auch Ehre machen. Es wäre doch schade um die Kugeln, die Sie an uns verschwenden. Ich habe mich dummerweise in ein schiefes Licht gestellt, in Wahrheit kenne ich weder diese Informantin, noch habe ich sie gesehen, noch ist sie hier und *Sie* sind praktisch auch nicht hier und niemals hier gewesen!"

Ein kurzer Blick auf die Szenerie, in der keine Frau wie auch immer involviert war, ja nicht einmal die Spur einer weiblichen Hand bei der Wahl der spießigen Einrichtung ohne jegliche Dekoration überzeugte den Fremden. Mit geübter Hand entnahm er Weininger dessen Handy, steckte es ein und streckte seine freie Hand Richtung Novak aus, der sofort verstand, dass er sich von seinem Smartphone trennen musste, auch Jonas gehorchte und warf ihm sein Lieblingsspielzeug zu. Der Bärtige fing die teuren Geräte auf, sackte sie schleunigst ein und riss danach den Schlüssel, der innen im Türschloss steckte, heraus. Damit entschwand er, schloss seine drei Opfer ein und entfernte sich auf leisen Sohlen. Die gesamte Interaktion mag so ungefähr sechs bis höchstens sieben Minuten gedauert haben. Für die Betroffenen dennoch eine halbe Ewigkeit...

Wie vom Schlag gerührt stand Novak

einige Sekunden reglos da, ehe er zum Fenster eilte, es öffnete und ganz vorsichtig hinaus spähte. "Er rennt zur U3-Station! Sehr gut! Über die Kameras werden wir erfahren, wo er aussteigt."

Inzwischen war Jonas zu Weininger geeilt, um ihm Erste Hilfe zu leisten, wollte ihn soeben in die stabile Seitenlage drehen, als sich der Kriminalbeamte stöhnend an sein verletztes Kiefer griff.

"Verdammte Scheiße", fluchte er, der scheinbar im Schmerz seine gute Kinderstube vergessen hatte. "Bin mit dem Hinterkopf aufgeschlagen."

"Tut mir leid, aber Sie haben die Wette verloren", sagte Jonas und zuckte zurück, als Weininger die Hand gegen ihn erhob.

"Sie Idiot haben diese Misere angezettelt", blaffte der geschlagene Major.

"Verstehen Sie denn nicht, dass ich nur einem Bonzen das Handwerk legen wollte. Wenn wir seines Handlangers habhaft geworden wären, dann hätte der doch gesungen wie eine Operndiva!", plapperte Jonas, immer noch ziemlich erregt, dahin.

"Solche Leute singen nicht, es wundert mich, dass er uns nicht alle drei einfach umgelegt hat."

"Ich glaube, das konnte er nicht, Herr Weininger", sagte Novak, "weil er damit erst recht alle Aufmerksamkeit auf die ominöse Firma gezogen hätte. So können Sie nur wegen tätlichem Angriff gegen Unbekannt ermitteln."

Mit Mühe stand der Kriminalbeamte auf und nickte. "Und wegen Einbruch in Ihren Verlag. Bei unsren Gesetzen kriegt er dafür zwei Monate bedingt und einen Handkuss vom Richter. Falls wir ihn schnappen, was ich stark bezweifle, wenn er nicht nochmals tätig wird."

"Rekapitulieren wir, was wir gegen ihn haben", schlug Jonas vor. "Er war mindestens 1,80 Meter groß, ungefähr 100 Kilo schwer, Rechtshänder und hatte braune Augen."

"Super Beschreibung", spottete Weininger. "Zirka 90 % der Weltbevölkerung hat braune Augen, zirka 78 % sind Rechtshänder und zirka 65 % aller Männer sind 1,80 groß."

"Nein", widersprach Jonas, "die Japaner, Thailänder und Vietnamesen sind alle kleiner."

"Fingerabdrücke hat er sicher keine hinterlassen", trug Novak zur Rekapitulation bei, die eher eine Kapitulation vor dem schlauen Verbrecher war. Nicht einmal Sherlock Holmes hätte diesen Mann aus einer Reihe von zehn ähnlichen Männern unverkleidet herausfinden können.

"Was sollen wir jetzt machen?"

Ratlos blickte Jonas von Weininger, der sich wieder auf seinen Fauteuil gesetzt hatte, zu Novak, der noch am offenen Fenster stand.

Letzterer schien die Lösung zu wissen, denn er rief laut aus dem Fenster: "HALLO! KÖNNTEN SIE DIE POLIZEI RUFEN?"

Jonas gesellte sich neugierig an Novaks Seite am Fenster und äugte hinaus. Unten stand ein Nachtschwärmer, der verdutzt nach oben guckte.

"Warum rufst du die Bullen nicht selbst?", fragte dieser logischerweise, da er von den Vorkommnissen in der Wohnung nichts wissen konnte.

"Ich glaube, das wird noch eine lange Nacht", befürchtete Jonas.

12. Unglaublich, aber wahr

"Z! Was Sie mir da erzählen, ist doch alles frei erfunden, Jericho!", ärgerte sich Riasek und schlug mit der Faust auf seinen Schreibtisch. "Das Schlamassel haben Sie in einem amerikanischen B-Movie gesehen."

"Ich soll auf der Stelle vom Blitz getroffen werden, wenn ich Sie anlüge. Wirklich, Chef! Es war exakt so, wie ich es Ihnen gerade dargestellt habe, mir zittern jetzt noch die Knie. Und außerdem: In amerikanischen B-Movies wird viel mehr geschossen. Unser schussfauler Verbrecher wollte scheinbar Kugeln sparen, oder hat zum Glück auch die Aussichtslosigkeit seiner Absicht eingesehen."

"Ein echter Profi hätte euch alle drei eliminiert, um nachher im schlimmsten Fall keine Zeugen befürchten zu müssen."

"Wozu? Der war besser verkleidet als mein seliger Onkel Hubertus, der immer den Weihnachtsmann mimte. Ich hab damals echt geglaubt, das ist ein Fremder, mein eigener Onkel! Außerdem muss die Polizei des Verbrechers erst einmal habhaft werden, was ich stark bezweifle. Denn das war ein echter Profi, der hat keine Spuren hinterlassen. Ich glaube, der hat nicht einmal unter seiner Kostümierung geschwitzt, obwohl diese Wohnung gut geheizt war!"

"Jaja, übertreiben Sie noch mehr und behaupten, der hat nicht einmal geatmet."

"Was soll ich denn machen, um Sie zu überzeugen? Ein Inserat in 'Die Presse am Sonntag' aufgeben, des Inhalts: SCHWARZER MANN BITTE MELDE ICH BEI HERRN RIASEK?!?

Der ratlose Chefredakteur ging mit verschränkten Armen hinter seinem Schreibtisch auf und ab. "Wenn das alles stimmt, dann wäre das eine Bomben-Story!"

"Ja, aber wenn wir das bringen, können Sie meinen Spionage-Einsatz abschreiben", resümierte Jonas.

"Ein echtes Dilemma", erkannte Riasek. "Was will Novak jetzt machen? Die Story in seinem Blatt auswalzen?"

"Wir saßen zwei Stunden im Sicherheitsbüro und gaben beide unser Abenteuer zu Protokoll, und zwar in allen Einzelheiten, ich verschwieg klarerweise, dass die gejagte Informantin in meiner Wohnung schläft."

"Moment mal, sind Sie sicher, dass es sich bei ihr auch um die Informantin handelt?"

"Todsicher. Deshalb hat die feine Firma sie doch des Diebstahls bezichtigt. Einer der Beamten meinte, wenn Novak sein Erlebnis in der nächsten Ausgabe druckt und den Namen der Firma, oder gar den von diesem üblen Kleindienst veröffentlicht, müsse er sicherlich mit einer Verleumdungsklage rechnen. Schließlich kann der Täter auch an der Tür gehorcht und nach dem Lauschangriff von Wahnsinn getrieben in eigener Sache gehandelt haben, um der Firma zu schaden. So würde es jedenfalls jeder Anwalt formulieren."

"Typisch, der Bürohengst dort ist schon gewohnt, dass die Polizei nur für den Mistkübel der Justiz arbeitet",

fasste es Riasek salopp zusammen.
"Und was wollen Sie jetzt machen,
Jericho? Werden Sie den Grund für die
Gefahr weiter in Ihrem trauten Heim
beherbergen?"

"Ach, das wissen Sie ja noch gar
nicht", gestand ihm Jonas, "als ich
gestern, oder vielmehr heute so gegen
fünf Uhr früh endlich heimkam, war sie
schon weg. Wenigstens konnte ich für
zwei Stunden wieder in meinem eigenen
Bett schlafen. Ihr Geruch war noch da
und lullte mich ein..."

"Sie war einfach WEG? Hat sie Ihnen
denn nicht einmal eine Nachricht mit
Lippenstift auf dem Badezimmerspiegel
hinterlassen?"

"Leider nein. Vielleicht war sie
gekränkt, weil ich ihre Avancen
zurückwies, unter Hinweis auf ihr
jugendliches Alter..." In seiner Aussage
lag unendlich viel Bedauern über eine
verpasste erotische Chance.

"Oder sie ist zu einer der noch
wenigen öffentlichen Telefonzellen
gegangen, die noch nicht in
Bücherboxen umgebaut wurden, und
hat diesen Patentanwalt angerufen.
Damit er sie abholt", kombinierte
Riasek.

"Mitten in der Nacht? Das bezweifle
ich."

"Sie würden sich wundern, wenn Sie
wüssten, was sich in der Nacht für

Anwälte alles abspielt, mein Lieber",
ließ Riasek oberlehrerhaft verlauten.
"Bei Ihnen hat die Kleine mit ihrer
Verführungskunst auf Granit gebissen,
bei einem Rechtsverdreher könnte sie
da mehr Glück haben. Mit Sex können
die Weiber unglaublich gut
manipulieren, zu den unglaublichsten
Taten!"

Stumm nickte Jonas nur.

Kollegin Ilona pochte an und stelzte
herein.

"Ah, wollen Sie uns Ihr neues
Winter-Outfit vorführen?", erkundigte
sich Riasek beim Blick auf ihr lila
Wollkostüm.

Ohne darauf zu reagieren, teilte sie
ihm mit: "In dem Kleingartenverein, in
den Sie mich abkommandiert haben, ist
doch kein irrer Tierhasser am Werk. Es
werden nur langjährige
Nachbarschaftsstreitigkeiten auf dem
Rücken unschuldiger Fellnasen
ausgetragen."

"Schade", bedauerte er ausatmend, "
so ein Irrer steigert die Auflage."

"Man kann nicht alles haben, ich
klemme mich hinter die Story mit dem
perversen Pornografie-Opa!"

"Tun Sie das!"

Ilona schnitt beim Hinausgehen
noch eine lustige Grimasse und
hinterließ eine Duftwolke penetranten
Parfums im Büro des Chefredakteurs.

"Wo waren wir? Ich hab den Faden verloren, bei so einer Geruchsbelästigung", meckerte Riasek und schneuzte sich geräuschvoll in ein Papiertaschentuch, das er gleich danach in den Abfalleimer warf.

"Es ging um den Patentanwalt, der Ihrer Meinung nach Senta abholen soll", erinnerte ihn Jonas und massierte sich die Nasenwurzel.

"Ah, ja! Wie wäre es, wenn Sie diesen Anwalt anrufen und ihm ein Angebot über eine Reportage machen?", offerierte ihm Riasek gleich sein eigenes Mobiltelefon, in das er die betreffende Nummer, die er sich von dem kleinen Zettel aus Sentas Tasche abgeschrieben hatte, eintippte. "Ich verwette meine Frostbeulen, der sagt nicht nein. Dann liegt es nur noch an Ihrer Raffinesse, ihm zu entlocken, ob und wenn ja, wo er eine gejagte Klientin verstecken würden."

"Die Idee ist so genial, die könnte glatt von mir sein", freute sich Jonas und vereinbarte mit der Sekretärin des Patentanwalts, die das Gespräch annahm, als Termin 14 Uhr in der Kanzlei.

"Na sehen Sie, Jericho", rieb sich der listige Riasek schon die Hände. "Jetzt kommt Bewegung in den Fall."

"Also ich finde, ich hatte heute früh und gestern Nacht schon genug

Bewegung", sagte Jonas und verließ das Büro seines Chefredakteurs. Sein erster Weg führte ihn gleich in den nächsten Handy-Shop, um sich ein neues Mobiltelefon zuzulegen, denn sein eigenes würde wohl schon zerstört in irgendeinem Hinterhof liegen.

Die Zeit bis zu seinem Termin wollte Jonas in seiner Wohnung verbringen, doch erlebte eine unliebsame Überraschung: Bei ihm war eingebrochen worden.

Es könnte sein, Senta ist zurückgekommen, hoffte er zuerst, sie hat ja keinen Schlüssel, allerdings auch als Frau nicht die Kraft einfach die Tür aufzudrücken.

Der Schaden am Türschloss wirkte so, als hätte jemand mit einem kräftigen Tritt hingetreten, worauf das nicht einbruchsichere Schloss aufgesprungen war. Die Türe - nur angelehnt - hatte keinen Schaden am Holz erlitten. Vorsichtig schlich sich Jonas in sein Heim, guckte verlegen in alle Räume und erkannte die üblichen herausgezogenen Schubladen, offene Schränke und - oh Wunder - seinen PC, welcher unbeschadet an seinem Platz stand. Nach dem Telefonat mit einem Notfall-Schlosser, den er von einer Reportage her kannte, machte Jonas Inventur und war sicher: Es war nichts gestohlen worden. Klarerweise fiel ihm sofort wieder der Bärtige ein, der aufgrund des iPhones, das er ihm abgenommen hatte, seine Wohnung finden konnte, schließlich stand die Telefonnummer im amtlichen Telefonbuch. Ein Journalist sollte immer erreichbar sein für Informanten und Informantinnen - apropos Informantin - der Einbrecher hatte nach Senta gesucht, jedoch zum Glück keine Spur von ihr gefunden. Im Badezimmer stand keine Antifaltencreme oder eine Puderdose und im Bett lag kein Nachthemd.

Nach der Reparatur seines kaputten Türschlosses, die nur knapp eine halbe Stunde dauerte, wollte sich Jonas eine Eierspeise gönnen, erlebte beim Öffnen seines Kühlschranks eine weitere unliebsame Überraschung: Auch der Kühlschrank war von dem Einbrecher genau durchsucht worden: Die Fertigprodukte waren dem Tiefkühlfach entnommen und in die unteren Regale verteilt worden. Sollte es doch nur ein normaler Einbruch gewesen sein? Einer, bei welchem der Kapitalverbrecher nach Geld und Schmuck im Tiefkühlfach gesucht hatte? Oder hatte er nach etwas anderem gesucht?

Ein zartes Klopfen an der Tür riss Jonas aus seinen Überlegungen. Bevor er öffnete, guckte er wohlweislich durch den Türspion und erkannte Senta!

"Sie sind wieder da!", stellte er das Offensichtliche fest, als er die Tür hocherfreut aufriss. "Wo waren Sie denn?"

"Ich bin in einer Mischung von Lagerkoller und Fluchtimpuls weggelaufen. Mit all meinen Sachen, die ich in Plastiktüten wie eine Obdachlose bei mir trage", erwiderte sie und hob zum Beweis die Tüte von dem Shop hoch, in dem sie sich die Slips, BHs, die Strumpfhose und den Pulli gekauft hatte.

"Das war goldrichtig von Ihnen, Senta, denn bei mir ist eingebrochen worden. Ich wage gar nicht, mir auszumalen, was der Eindringling mit Ihnen gemacht hätte, wenn Sie ihm in die gierigen Hände gefallen wären."

"Wie entsetzlich! Was hat er denn alles gestohlen?", erkundigte sie sich besorgt.

"Das ist ja das Unglaubliche: nichts!"

"Was? Er hat nichts gestohlen? Aber das kann auch bedeuten, dass ...", ließ sie den Satz unvollendet.

"Ja, daran dachte ich auch sofort, doch selbst wenn es so gewesen sein sollte, dass der Kerl SIE gesucht hat, ein zweites Mal schlägt der Blitz nicht an der gleichen Stelle ein", beruhigte sie Jonas und umarmte sie. "Kommen Sie, Senta, ziehen Sie die Jacke aus."

"Wollen wir uns nicht endlich duzen?", fragte sie mit einem verführerischen Lächeln. "Jonas, ich glaube, ich hab mich in dich verliebt."

"Da geht's dir genau wie mir", gab er unverhohlen zu, während er ihr aus der Jacke half. "Ich fühlte mich unendlich traurig, als ich gegen fünf Uhr heimkam und die leere Wohnung vorfand. Und ich wünschte mir beim Heimkommen, von dir empfangen zu werden."

Mit einer liebevollen Geste strich sie ihm durchs Haar, schlang ihre Arme um ihn und küsste ihn zärtlich. Was wie ein Filmklischee anmutete, vermittelte ihm ein Gefühl, das er schon öfters verspürt hatte, sich aber immer wieder neu einstellte. Wie beim ersten Mal fühlte es sich an: Das begierige Ausziehen eines erregten Körpers, der Geruch einer liebenden Frau, die sanften Berührungen der sonst verbotenen Zonen, das lustvolle Stöhnen und der Klimax.

Senta schlief danach ein und er deckte sie sorgsam zu. Ein Blick auf die Uhr seines neuen Mobiltelefons mahnte ihn an den Termin. Schnell schrieb er auf einem Bogen Papier, den er aus seinem Drucker entnahm, einige Worte:

Senta, ich liebe Dich! Bitte lauf nicht wieder fort von mir! Leider muss ich zu

einem beruflichen Termin, den ich nicht
absagen kann. Ich freue mich schon
aufs Heimkommen,
    Dein Jonas

Das Papier legte er neben sie aufs
Bett und eilte pflichtbewusst zu dem
Anwalt, den er jedenfalls noch
aufsuchen wollte, auch wenn der
eigentliche Grund für den Besuch
obsolet war. Was der Anwalt mit dem
Fall zu tun hatte, ob er überhaupt
etwas damit zu tun hatte, das wollte
Jonas unbedingt herausbekommen.

Ein flaues Gefühl im Magen
erinnerte ihn daran, dass er ja vor
seinem sexuellen Abenteuer mit Senta
seinen Hunger stillen wollte. In einem
Supermarkt kaufte er sich ein
Wurstbrot, das er in der Straßenbahn
verzehrte, obwohl das nicht gern
gesehen, ja eigentlich verboten war.

Die Kanzlei des Patentanwalts lag im
sechsten Bezirk in einem Altbau. Herr
Plevotil empfing Jonas, nachdem ihm
die Sekretärin über Sprechanlage den
Besucher gemeldet hatte. Das Büro
zeigte sich hochmodern eingerichtet mit
einem Gemälde an der Wand hinter
dem Schreibtisch, das von einem
verblichenen Maler in schlichtem roten
Blut gehalten war.

"So, Sie wollen also eine Reportage
über Patente machen, Herr Jericho",

fasste der Anwalt zur Sicherheit nochmals zusammen. "Was genau interessiert denn Ihre Leser?"

"Tja, nach der Wahnsinns-Epidemie natürlich etwas über Viren, Bakterien, die so in Laboren herum kreuchen und fleuchen", improvisierte Jonas, der nur sehr diplomatisch die ganze Sache anzugehen beabsichtigte. "Ohne Namen zu nennen, was könnten Sie unsern Lesern Sensationelles verraten, Herr Plevotil?"

"Haha, jaja, verraten darf ich so gut wie nichts, aber wir können ganz allgemein sprechen", begann er in lockerer Sitzpose zu sprechen. Sein dunkelblauer Anzug schien sehr durchschnittlich und spannte um seinen Bauch, daher knöpfte er ihn auf und bot mit einer freundlichen Geste seinem Gast den Platz vis-a-vis an. "Grundsätzlich bin ich dazu da, um jemand zu helfen, sein Recht auf sein geistiges Eigentum zu bekommen und auch zu behalten. Die Verwertung und Kommerzialisierung von Patenten hat gerade in letzter Zeit an Bedeutung gewonnen. Jährlich werden zirka 1.500 Patente angemeldet. Und ich vermittle zwischen Industrie und Rechtssystem."

"Das klingt ja hoch interessant, ist jedoch für die Leser etwas öde, haben Sie nicht etwas Spannendes im Zusammenhang mit einem Patent zu bieten, Herr Pletovil?" Locker und von der zuvor genossenen liebevollen Zuwendung in seinem Selbstbewusstsein stark aufgebaut, legte Jonas ein Bein über das andere. "Etwas Reißerisches, sozusagen."

"Hm", Pletovil schien zu überlegen, sein Blick streifte über sein Inventar, blieb dann an einer Büste hängen, welche auf einem Sideboard unter dem Fenster stand und so aussah, als hätte der Bildhauer mitten im Werk die Lust aufs Weitermachen verloren. "Ja, da hat sich was ereignet. Ein Anruf einer Firma, die mich befragte, ob ich in den letzten drei Tagen Besuch von einer jungen Dame erhalten hätte. Die Firma, die mir namentlich bekannt ist, vermisst eine Datei mit einem zum Patent vorbereiteten, äh-Ding. Mehr darf ich leider darüber nicht sagen. Jedenfalls hat diese Dame angeblich das Labor der Firma verwüstet und steht im Verdacht, die Datei gestohlen zu haben. Ist das reißerisch genug?"

"Oh ja! Und hat diese junge Dame tatsächlich Kontakt mit Ihnen aufgenommen, Herr Pletovil?"

"Nein, bisher nicht. Ich bin allerdings nicht der einzige Anwalt, der für diese Firma schon einmal gearbeitet hat. Aus diversen Gründen wird von Firmen in solchen Sachen nicht immer derselbe Anwalt in Anspruch genommen", druckste er herum.

"Und würden Sie die junge Dame empfangen?"

"Ja, vor allem, um von ihr zu erfahren, was es mit dem angeblichen Vandalenakt auf sich hatte", grinste er. "Normalerweise benehmen sich junge Damen doch sehr gesittet, bis auf einige Ausnahmen."

"Und würden Sie dann die Firma darüber informieren?"

"Hm", wieder überlegte er, "ja, da es sich um Diebstahl handelt, müsste ich das sogar."

Die Sekretärin kam mit einem Tablett herein, auf dem eine Tasse dampfender Kaffee stand.

"Möchten Sie auch Kaffee, Herr Jericho?", fragte Pletovil höflich, nachdem er sich die Tasse gegriffen hatte.

"Nein, danke, machen Sie Ihrer charmanten Sekretärin keine Mühe, äh-kann es sein, dass die junge Dame auf dem Anrufbeantworter eine Nachricht hinterlassen hat, die Sie noch nicht gehört haben, Herr Pletovil?"

Der Patentanwalt warf seiner Sekretärin, einer Frau Anfang 40, deren schlanke Figur in ein graues Business-Kostüm mit rosa Bluse gehüllt war, einen fragenden Blick zu.

Die Frau in Grau nickte: "Ja, wir hatten heute schon so viele Termine, dass wir noch gar nicht dazu kamen, den AB abzuhören."

In dem Moment läutete das Handy Pletovils, er stand auf und ging damit ins Nebenzimmer, um das Gespräch dort ungestört zu führen. Die gepolsterte Tür verhinderte zu erfahren, wer gerade anrief.

"Na, dann will ich nicht länger stören, Ihr werter Chef scheint ja ein begehrter Mann zu sein", verabschiedete sich Jonas und ging mit der schlanken Dame in ihr Vorzimmer. "Wiedersehen und vielen Dank noch!"

"Gern geschehen", hauchte sie und setzte sich an ihren kleinen Schreibtisch.

Der ausgefuchste Jonas verschwand zwar durch die Kanzleitür, wartete jedoch noch einen Augenblick, bevor er sie hinter sich zuzog, um lauschen zu können.

Flugs drückte die Sekretärin auf den AB und hörte sich die Nachrichten an: "Sie haben zwei Nachrichten! Nachricht eins: *Hallo, hier Jukatsch, ich wollte nur sagen, dass ich meinen Termin morgen um 11 Uhr nicht einhalten kann, danke!* - Nachricht zwei: *Guten Tag, ich rufe wegen eines Beratungstermins an. Geben Sie mir bitte Bescheid, meine Nummer ist 0666-71...."*

Jonas staunte, denn es war eindeutig Sentas Stimme, die er

vernahm. Nun war ihm klar, warum sie fortgelaufen war. Nämlich, um sich - so wie er auch - ein Handy zu kaufen. Und warum sie zu ihm zurückgekommen war. Nämlich, weil sie noch keinen Termin bekommen hatte...

13. Heiße Versuchung

Zurück nach Hause gönnte er sich ein Taxi. Auf der Fahrt überlegte er sich, ob er sie direkt mit seinem Verdacht konfrontieren sollte, oder ob er sie einfach reden lassen sollte. Adrenalin und Endorphine pulsierten durch seine Adern. Warum hatte sie ihm nichts von dem neuen Mobiltelefon erzählt? Wollte sie es ihm verschweigen, oder hat sie im Eifer der Liebe darauf vergessen? LIEBE, dachte er bitter, es scheint leider doch nur ein körperlicher Reflex gewesen zu sein, der sie zu mir getrieben hat. Doch in einen Menschen kann man nicht hineinsehen. Als Optimist muss man immer das Beste erhoffen und sich freuen, wenn es dann nur halb so schlimm mit der Enttäuschung wird.

Schweren Herzens trabte er die letzten paar Stufen zu seiner Wohnung hinauf, sperrte auf und schlich wieder hinein, diesmal nicht in Furcht vor einem Einbrecher, sondern um sie nicht aufzuwecken. Selig und süß wie ein Engel schlief sie immer noch, daher schnappte er sich das Papier, ging damit aufs WC und zerriss es in kleine Schnipsel, die er die Toilette hinunter spülte.

"Jonas?", hörte er aus dem Schlafzimmer ihre Stimme, die so verheißungsvoll klang, wie ihr Körper zuvor gewesen war.

"Ja, was ist denn?", fragte er so teilnahmslos, wie es ihm unter diesen Umständen möglich war.

"Ich muss dir etwas gestehen", kündigte sie ihm an, während sie sich mit anmutigen Bewegungen langsam wieder anzog.

"Oh, jetzt wird's spannend", sagte er lächelnd. "Möchtest du vor deinem Geständnis Kaffee oder Tee?"

"Ein Kaffee wäre nicht schlecht."

Schon eilte er ihr voraus in die Küche an die zum Glück nicht gestohlene Kaffeemaschine und legte eine Kapsel ein.

"Es ist nämlich so, dass ich auch deshalb weggelaufen bin, um dich nicht in Gefahr zu bringen", behauptete sie. Von der Sonne durch das Küchenfenster beschienen, glänzte ihr schwarz gefärbtes Haar wie Pech. "Ich arbeite für Leute, die keine Skrupel kennen, das habe ich nur viel zu spät gemerkt."

Das Gurgeln der kürzlich gekauften Kaffeemaschine untermalte diese

Erkenntnis unheilschwanger.

"Sowas in der Art habe ich mir schon zusammen gereimt", gab sich Jonas noch kryptisch, überlegte sogar, ihr von seiner Recherche und dem Intermezzo im Verlag von der renommierten Zeitung 'Die Presse' zu erzählen, entschied sich dagegen und servierte ihr stumm das aromatische Getränk und nahm ihr gegenüber Platz.

"Ich war mal im Urlaub in Cali, das ist ein Kaff in Kolumbien, wo die Firma, für die ich später arbeitete, ein Labor hatte. In Kolumbien ist die Biodiversität so groß, dass es sich lohnt, ihr gewaltige Aufmerksamkeit zu schenken", plauderte sie bei zeitweiligem Genuss des von Jonas servierten Kaffees aus. "Ah, der Mokka ist heiß und tut mir gut! - In dem dortigen Labor wird an Heilmitteln gegen Krankheiten geforscht, die noch gar nicht aufgetreten sind. Vielleicht sogar an den diversen Krankheitserregern selbst."

"Das ist ja ein Ding", murmelte er perplex.

"Ja, das dachte ich auch, als ich von einem deutsch sprechenden Einheimischen davon erfuhr. Nach meiner Rückkehr wollte ich dann bei der Firma, die auch hier ein Labor betreibt, eine Stellung antreten. Kurzum, mein Verdacht, oder vielmehr der Verdacht von Pedro, dem Einheimischen mit den prima Deutschkenntnissen, bestätigte sich in vollem Umfang."

Schon war er nahe dran, sie zu warnen, nur ja nicht zu einem Termin zu diesem Pletovil zu gehen.

"Und weißt du, Jonas, es gelang mir, etwas aus dem Labor zu entwenden, das ich für viel Geld verkaufen könnte", parlierte sie im Ton eines Smalltalks dahin. "Warum sollen nur die ganzen Konzern-Bonzen das große Geld machen?"

"Und aus dieser Einsicht heraus bist du mit deiner Beute auf der Flucht?"

"No Pain, no Gain! Geld wird einem nicht geschenkt oder nachgeworfen. Will man es sich verdienen, dann muss man schon alles in seiner Macht Stehende dafür tun", erklärte sie und sah ihn dennoch an wie eine Musterschülerin, die sich Lob von ihrem Mentor erhofft.

"Wie heißt denn die ominöse Firma?"

"Besser, du weißt so wenig wie möglich, damit du nichts verraten kannst, selbst, wenn man dich foltert", flüsterte sie mit einem frechen Augenzwinkern. "Und auch, falls ich erwischt werde, kannst du reinen Gewissens sagen, du hast von all dem nichts gewusst."

"Hast du schon vor unserem

Zusammentreffen versucht, mit jemanden ins Geschäft zu kommen. Mit einer Zeitung zum Beispiel?"

"Ja, ich habe in meinem ersten Ärger über die Umtriebe der Firma bei einer Qualitätszeitung angerufen, doch der Manager dort schien mir wenig interessiert zu sein. Wahrscheinlich kriegt er unendlich viele Anrufe", gestand sie traurig. "Dann erst kam ich auf die Idee, selbst reich zu werden. Jonas, ich als Frau kann mich schwer durchsetzen, aber DU als Mann könntest zu einem Patentanwalt gehen und-"

"ICH?" Er fiel aus allen Wolken. Senta wollte kein Risiko mehr eingehen und ihn an die Front schicken. Seinen Gram darüber verbergend, versuchte er sachlich zu klingen: "Dazu müsste ich natürlich Näheres über deine Beute wissen."

"Das ist mir klar. Ich vertraue dir voll, Jonas." Ein bedeutungsschwangerer Blick zu ihm folgte.

Ihrer nun so familiären Art konnte Jonas entnehmen, dass sie zu den Frauen gehörte, die dem Sex eine magische Wirkung zuschrieben. Anscheinend dachte sie, nach dem tollen Liebesakt sei er ihr hörig geworden.

"Also pass auf, Liebster", säuselte sie

und beugte sich nahe zu ihm. "Es geht um einen neuen Virus, der das menschliche Immunsystem dazu bringt, nach einem Trigger durch ein Bakterium den eigenen Körper anzugreifen. Ist das nicht absolut perfide?"

"Wenn ich recht verstanden habe, soll der Patient zuerst mit dem Virus infiziert werden, dann mit dem Bakterium Bekanntschaft machen, um krank zu werden, und dann braucht er das passende Medikament für viel Geld zum Einnehmen", resümierte Jonas.

"Du begreifst schnell", freute sie sich. "Es ist ein Zwei-Phasen-Produkt, das ich konfisziert habe. Das Medikament dagegen ist noch gar nicht erfunden."

"Aber dafür bekommt man doch kein Patent, höchstens für die Kriegsindustrie."

"Du hast es erfasst", klatschte sie begeistert in die Hände. "Es handelt sich um einen Kampfstoff, der die gegnerische Armee völlig kampfunfähig macht. Jeder Soldat ist mit dem Kampf im eigenen Körper vollauf beschäftigt. Eine Katastrophe für jede kämpfende Truppe."

"Ich bin entsetzt!" Sein Gesicht drückte diesen Satz in einer Miene aus, welche es zuletzt beim Bericht über den Krieg in der Ukraine trug.

"Das war ich auch", versicherte sie ihm. "Doch dann kam mir die Conclusio, dass es nicht mehr zu verhindern ist. Und danach befand ich es nur für recht und billig, mich selbst zu bereichern, anstatt dabei zuzusehen, wie mein widerlicher Boss damit die nächste Milliarde scheffelt!"

"Das leuchtet mir ein", gab Jonas zu. "Und ich soll für dich bei dem Anwalt das Patent verhandeln?"

"Zu zweit sind wir ein unschlagbares Team", beschwor sie ihn und setzte sich rittlings auf seine Oberschenkel.

"Senta, du unterschätzt den langen Arm und die Macht deiner Gegner", flüsterte er ihr ins Ohr. "Wir könnten nirgendwo mehr in Ruhe leben."

"Nein, sobald wir das Patent in Händen halten, werden sie zu Kreuze kriechen und uns um den Verkauf anbetteln", war sie sich vollkommen sicher.

Unwillig schüttelte er sie ab, stand auf und ging zum Fenster, starrte in die untergehende Sonne, die faktisch wie ein Mahnmal wirkte, sich bloß nicht auf eine derartige Malversation einzulassen.

"Der Kleindienst wird uns eher kreuzigen."

"Jonas, bitte enttäusche mich nicht", flehte sie. "Du brauchst nur zu einem Anwalt namens Pletovil gehen und-"

"Liebe Senta, ich bin dir zwar in

Liebe verbunden, doch ich will ganz ehrlich zu dir sein", beschloss er und wandte sich um. "Ich musste in Sachen Patentrechte kürzlich erst recherchieren. Die Spur führte mich auch zu einem Anwalt namens Pletovil. Daher weiß ich ganz genau, dass er deiner Firma total ergeben ist und dich, oder jeden, den du dort hinsendest, an deinen Ex-Arbeitgeber verraten wird."

Bei dieser Nachricht erstarrte sie förmlich. Sie stand reglos mit versteinertem Gesicht vor ihm und riss ihre braunen Rehaugen auf.

"Es tut mir leid, Senta, ich werde niemandem etwas über deine Pläne verraten, aber du stehst auf verlorenem Posten. Nicht einmal Arnold Schwarzenegger in seiner Paraderolle als Terminator könnte sich ungestraft mit diesen miesen Kreaturen anlegen, die sowas Perfides erfunden haben."

"Jonas, wie können wir das Böse zulassen, und wenn wir es schon zulassen müssen, wie können wir dabei zusehen, wie es sich noch durch unendliche Geldflüsse aufbläht? Ich arbeite für einen Misanthropen, der des Teufels Ausgeburt ist."

"Und ich arbeite für einen Chauvinisten, der z. B. meint, man könnte der Überbevölkerung in Afrika ganz leicht damit entgegenwirken, dass man dort einige McDonalds-Filialen aufstellt und Netflix gratis anbietet, dann würden die Afrikaner seiner Meinung nach so wie viele von uns nur noch fressend vor der Glotze hocken und auf die ganze Weitervermehrung keinen Wert mehr legen", erklärte ihr Jonas. "Also vergiss es, dich mit denen messen zu wollen!"

"Du hast keine Ahnung", sagte sie emotionslos. "ICH habe wesentlich an der Erfindung mitgewirkt! Es war vor allem MEINE Arbeit, die diese miesen Kreaturen, wie du sie so treffend nennst, nun versilbern wollen. Und zwar, ohne mir auch nur einen Cent davon zuzugestehen."

"Ja, ich kann deinen Groll, deine Wut, Enttäuschung, Weltschmerz, was auch immer, sehr gut nachvollziehen, doch das ändert nichts daran: Du wirst im Zweikampf gegen die Firma Zelltech Bionic mit apodiktischer Sicherheit den Kürzeren ziehen und entweder ins Gefängnis kommen, oder - noch schlimmer - in ein frühes Grab. Glaub mir, das hat nichts mit Feigheit zu tun. Ich stand schon einem bärtigen 1,80-Meter-Killer ganz in Schwarz gekleidet gegenüber. Zusammen mit dem Chefredakteur Novak von der Presse, nachdem er mit nur einem Faustschlag einen Kriminalbeamten bewusstlos geschlagen hat. Und du glaubst echt, DU könntest es mit solchen Leuten aufnehmen?"

"Immerhin hast du ja, wie ich sehe, diese Begegnung ohne ein gekrümmtes Haar überlebt." Ihre Sprache klang nun nicht mehr gefühlvoll oder beschwörend, sondern nur noch abgeklärt. Ihre Augen verengten sich. "Es kommt nur auf deine Courage an, Jonas."

"Courage ist nur die Maskierung der Angst, nicht deren Abwesenheit", philosophierte er.

"Es ist noch etwas anderes im Spiel", begann sie nun zu erzählen, "kurz vor meiner Flucht sah ich im Büro meines Chefs ein Foto von ihm und einer mir bekannten Person. Diese sei sein Sohn, sagte er mir, weil er meinen Blick darauf bemerkt hatte. Und sein Sohn, mein lieber Jonas, der war mein Vater!" Ihr Blick wurde trüb von dem sich bildenden Tränenfilm.

"Dann müsste er doch wissen, in dir eine Enkelin zu haben", folgerte Jonas.

"Falsch, ich war ein uneheliches Kind, das meine Mutter, die damals erst 17 war, meinem amtlichen Vater einfach unterschob", gestand sie und fing zu schluchzen an.

Jonas wusste nicht recht, wie er auf dieses Geständnis reagieren sollte, nahm sie schnell in den Arm und wiegte sie wie ein kleines Kind, wobei er nicht umhin kam, sich zu fragen, ob sie

die Story im Eiltempo erfunden hatte,
oder ob es sich dabei um die
unglaubliche Wahrheit handelte.

14. Wahrheit oder Pflicht

Riasek blickte ihn an wie Napoleon
nach der Schlacht bei Waterloo, nur
ohne die entsprechende Kostümierung,
die der Kaiser der Franzosen immer zur
Schau trug.

"Wir warten seit sechs Stunden auf
Sie", herrschte er ihn an. "Wissen Sie,
wie lang das ist? Der kleine Zeiger hat
auf der Uhr den halben Weg im Kreis
zurückgelegt, das ist ganz schön viel
vertane Zeit."

"Tschuldung", nuschelte Jonas und
lehnte sich gegen den Türrahmen. Er
fing diesen Moment ein, um ihn
jederzeit auf Repeat in seinen
Erinnerungen abspielen zu können und
setzte einen bösen Blick auf, ähnlich
Clint Eastwood im Western, nachdem
sich der Pulverdampf verzogen hat und
er den Überlebenden signalisiert: Legt
euch ja nicht mit mir an!

"Jericho, sind Sie gar besoffen?",
erkundigte sich Riasek mit bereits vor
Zorn gerötetem Gesicht und
beobachtete ihn aufmerksam, wie er so
durch den Raum torkelte.

Die chinesische Vase auf der
Kommode neben dem Türrahmen kam
ins Wanken, verlor schließlich den

Kampf mit der Schwerkraft, segelte zu Boden und zersprang in tausend Teile. Inmitten des Geschreis und der lauten Musik bemerkte es außer Riasek niemand. Selbst er selbst nicht. In der linken Hand hielt er einen leeren Becher, in der rechten seinen alten Turnschuh. Wieso dieser nicht an seinem Fuß war, wusste er nicht mehr. Schnell mischte er sich einen Drink - man soll einen Kater sofort wieder mit Alk bekämpfen -, legte währenddessen seinen Schuh auf die klebrige Tischplatte. Gierig setzte er an, trank große Schlucke, bis er den Boden des Bechers wieder sah. Dahinter kam Senta zum Vorschein, als er ihn wieder absetzte.

"Wer ist das?", fragte Riasek mit großen Glubschaugen.

"Meine zukünftige Frau", lallte Jonas, "haben Sie was dagegen?"

"Ihre Zukünftige ist nicht nur eine diebische Elster, sondern auch eine Mörderin!"

"Herr Riasek, beherrschen Sie Ihre gespaltene Zunge!", mahnte ihn Jonas. "Sonst schneide ich sie Ihnen aus dem frechen Maul."

"Lass mich das machen, Liebling", kicherte Senta und schritt mit einer Schere auf den Chefredakteur zu.

"NEIN!", rief Jonas aus und fand sich erleichtert in seinem Bett neben ihr wieder.

Nach einer unruhigen Nacht, in welcher ihm Senta nach dem Erwachen aus seinem Albtraum noch einige Details verriet, blieb Jonas nichts anderes übrig, als ihren Wünschen scheinbar nachzugeben. Sie hatte flugs bei einem anderen Patentanwalt einen Termin vereinbart - allerdings unter einem Pseudonym -, den sie morgen schon wahrnehmen wollte. Die ganze vertrackte Angelegenheit konnte er schwer für sich behalten und vertraute sie - kaum in der Redaktion angekommen - Riasek an, den er ohnehin bisher schon über alles informiert hatte. Es handelte sich wirklich um ein seltsames Zusammenspiel von Zufall und Planung. Senta hatte ihm der Zufall zugeführt, doch die Sache mit der Presse-Zeitung war auf Riaseks Mist gewachsen und nun trieb nun gefährliche Auswüchse.

"Ich bin zwar älter als Sie, doch noch nicht verkalkt, mein Internist meint sogar, ich habe zu wenig Calcium." Riasek lümmelte genervt zwischen seinem Schreibtisch und seinem Drehsessel, wobei er sich mit einer Hand kurz einen kleinen Kreis neben der Schläfe beschrieb.

"Ja, aber vielleicht haben Sie den wenigen Kalk an der falschen Stelle.

Nicht in den Knochen, sondern-", brach er bei dem verkniffenen Gesicht seines Vorgesetzten ab. "Ach, vergessen wir's und sind wieder Kollegen."

"Kollegen, pah", wiederholte Riasek abschätzig. "Ich werde Sie bald zum Hausmeister degradieren."

"Hören Sie mir nur kurz zu, Meister", sprudelte Jonas nervös hervor. "Senta hat mir das alles, was für Sie so unlogisch klingen mag, gestern haarklein und logisch auseinandergesetzt."

"Jaja, das hab ich ja mitbekommen", pochte Riasek mit einer Faust auf den Tisch. "Sie ist die verlorene Enkelin von dem alten Knacker namens Kleindienst, das glaubt sie jedenfalls. Haben Sie das Foto von ihrem angeblichen Papi auch gesehen?"

"Äh, ja da standen Fotos auf dem Schreibtisch vom Alten, in Erinnerung blieb mir allerdings nur das Foto einer protzigen Segeljacht."

"Haha, das haben alle Oligarchen gemein: den Willen zur Jacht!", spottete Riasek sichtlich belustigt.

"Jedenfalls kann durchaus der Wahrheit entsprechen, was in unseren Ohren wie ein halbgarer Plot klingt, den sich ein wenig origineller Schmierfink für einen billigen Groschenroman ausdachte."

"Richtig, das Leben schreibt sogar

die absurderen Geschichten, wie wir aus unserm Alltag wissen. Zurück zu Kleindienst, dessen Handlanger ein Kerl namens Brugge sein soll, der Sie, den Bullen in Zivil und Novak in Schach gehalten hat. Richtig?"

"Exakt! Dieser Brugge, die rechte Hand von diesem Kleindienst, war zu 100 % der Bärtige, der uns alle bedroht hat. Er hat laut Senta zwar blassblaue Augen, was darauf schließen lässt, dass er unter seiner Fake-Hornbrille zusätzlich noch färbige Haftschalen trug und einen Braunäugigen mimte-"

"Grandios", rief Riasek aus und streckte kurz seine Zunge raus, "das wird jeder Richter sofort zum Anlass nehmen, ihn zur Höchststrafe zu verknacken!"

"Jaja, ich weiß schon, das ist alles nicht verboten und man kann ihm deshalb nichts anhängen, aber bedenken Sie doch, welch ein Vorteil es ist, seinen Gegner zumindest identifiziert zu haben." Jonas stützte sich provokant vor seinem Chefredakteur auf dessen Schreibtisch.

Und Riasek stutzte, ehe er fragte: "Sie wollen die Polizei dazu bringen, den Kerl zu überwachen?"

"Beide. Kleindienst und Brugge!"

"Das wird nichts, Jericho. Schminken Sie sich diese B-Movie-Idee ab."

"Was Sie immer mit B-Movies haben, verstehe ich nicht. Jedenfalls könnten wir es doch versuchen, denn wenn SIE mich unterstützen, könnten wir den beiden finsteren Gestalten schnell das Handwerk legen."

"Also schnell geht behördlich gar nichts", wehrte Riasek zusätzlich noch mit den Händen ab und lehnte sich auf seinem Sessel zurück, "allein so ein Antrag für eine Überwachung dauert schon ..." Seiner Mimik war ein Kopfrechenvorgang zu entnehmen. "Mindestens eine Woche."

"Und wenn *wir selbst* uns auf die Lauer legen?"

"Und wegen Stalking angezeigt werden?", setzte sein Vorgesetzter fort. "Nein, ich sehe auch gar nicht ein, mich zu exponieren. Wir bräuchten schon Siegfrieds Tarnkappe, um nicht aufzufallen. Machen Sie doch dem Novak diesen Super-Vorschlag, mich würde brennend interessieren, was DER dazu von sich gibt."

Etwas enttäuscht verkniff sich Jonas eine freche Bemerkung.

Sein Chef sprach weiter: "Jericho, kommen Sie wieder zu sich! Diese abgebrühte Kleine manipuliert sie doch nur und zwar erstklassig. Dabei ist es völlig zweitrangig, ob sie jetzt wirklich die echte Blutsverwandte von dem Alten ist, was allerdings bei der Raffinesse der Kleinen für die Wahrheit spräche, oder ob sie sich die Story nur aus den Fingern gesogen hat."

"Ich nehme Sie beim Wort und rufe jetzt Novak an, um ihn mit einigen Fakten zu füttern, bin gespannt, ob er anbeißt! Zum Glück hab ich mir seine Nummer gemerkt, weil ich ja jetzt auf ein neues Modell umsteigen musste", erklärte Jonas und hielt kurz sein neues Handy hoch, tippte die Nummer ein und lauschte.

Eine angenehme weibliche Stimme meldete sich: "Der Teilnehmer ist bis auf weiteres leider nicht erreichbar. In dringenden Fällen können Sie eine Sprachnachricht hinterlassen - PIEP!"

Das wollte Jonas nicht und sein Chefredakteur, der aufgrund der Lautstärke mithören konnte, nickte wissend.

"Der Feigling ist abgetaucht", kommentierte er nur.

Mit einem Achselzucken meinte Jonas: "Wer kann ihm das verübeln, nachdem er einem Killer gegenüberstand."

"Sagen Sie mal, wo hat die Kleine denn die gestohlene Datei versteckt?"

Stumm deutete sich Jonas auf seine Stirne.

"Soll das heißen, diese zierliche Frau hat die Hirnleistung eines Gedächtniskünstlers?"

"Senta hat mir glaubhaft anvertraut, die Datei zerstört zu haben, nachdem sie diese auswendig gelernt hat."

"Alle Sequenzen davon?" Riaseks Physiognomie drückte einen Mix von Unglauben und Bewunderung aus.

"Ja! Schließlich hat sie an der Entwicklung aktiv mitgewirkt."

"Und das glauben Sie wirklich?"

"Zierliche Frauen sind taffer und cleverer als viele starke Männer denken."

"Was haben Sie jetzt vor, Jericho?"

"Mit Senta diesen Patentanwalt aufsuchen, um die prekäre Sache unter Dach und Fach zu bringen."

"Es kann doch sein, dass die Gegenspieler sich davon nicht abhalten lassen, ihrer Rache freien Lauf zu lassen", überlegte Riasek und verschränkte seine Hände hinter seinem Nacken. "Dann können sie das Geschäft immer noch mit den Erben abwickeln, die sie - wie komisch - ja *selber* sind. Der Alte und sein Ableger beerben die Kleine und Kleindienst hat, was er braucht, mit einem Handstreich!"

"Aber der weiß doch gar nicht, mit wem er es eigentlich zu tun hat, oder glauben Sie, die Stimme des Blutes dringt plötzlich bis zu ihm?"

"Ich glaube, diese Leute lassen sich nicht überrumpeln, schon gar nicht von zwei Amateuren", verlautbarte Riasek in einem ruhigen Ton. "Sie werden meinen Rat nicht annehmen, Jericho, weil Sie in das Mädel verschossen sind, aber ich rate Ihnen dringend, die Finger von der Sache mit dem Anwalt zu lassen."

"Danke für Ihre Altersweisheit, Chef, je me perdu, wie die Franzosen sagen, und bis morgen ist's noch weit, wir werden heute ausgehen."

"AUSGEHEN?" Ungläubig wippte der Chefredakteur nach vorne und ließ seine Arme seitlich runterfallen.

"Senta bekommt sonst Lagerkoller, daher versprach ich ihr einen Besuch in einem Nachtlokal. Ich muss nur noch in einer Boutique was Hübsches zum Anziehen für sie aussuchen. In Größe 36!"

"Eins muss ich Ihnen lassen, Jericho, Sie haben Mut - oder sind völlig bekloppt!"

15. Die Nacht der Nächte

"Rom mag die ewige Stadt sein, doch das Chelsea ist der ewige Amüsier-Tempel am Gürtel", schwärmte Jonas, welcher mit Senta, die sich für den Ausflug ins Nachtleben in das von ihm ausgesuchte blauschwarze Jumpsuit für 300 Euro gehüllt hatte, in einem Taxi dorthin fuhr. "Wenn die Schwelle des Vorglühens lang überschritten ist, aber der Absturz gerade noch erfolgreich verhindert werden kann, schlägt seine Stunde. Man muss also sowohl die Ankunftszeit als auch den Grad des Alkohol-Levels richtig wählen."

"Wie gewählt du dich ausdrücken kannst", himmelte sie ihn an. "Mit dir ist mir ein Haupttreffer gelungen!"

Die Taxifahrerin beobachtete das Paar beim Austausch von Küssen über den Rückspiegel und hatte Mühe, keinen Auffahrunfall zu verursachen.

Bei Ankunft an dem beliebten Gürtellokal passierten sie problemlos den Türsteher und suchten sich einen Platz an der Bar. Um so richtig in Fahrt zu kommen, hätten sie die beiden Gin Tonic und die beiden Mochitos gar nicht gebraucht. Senta war hingerissen von der Playlist des DJs, die nur aus Indie- und Britpop-Hits bestand.

"Alle Songs sind schon in den Pyramiden von Gizeh eingemeißelt", scherzte sie aufgekratzt.

"Oder auf Grabsteinen der Alten Meister", wollte Jonas noch eins draufsetzen, doch sie zuckte beim Wort 'Grabsteinen' etwas mit dem Mundwinkel.

"Lass uns tanzen bis zum Umfallen", forderte sie ihn auf und zog ihn auf die volle Tanzfläche.

"YEAH!"

Weder kannte er den Song, der

gerade gespielt wurde, noch die richtigen Moves dazu, doch er ließ sich von der hitzigen Stimmung einfach mitreißen. Selbstvergessen und scheinbar sorgenlos tanzten sie wild und hemmungslos. Ihr Jumpsuit stellte sich beim Auftreffen der grellen Lichtspots als durchsichtig heraus und ihre Brust als frei von einengenden Dessous.

Auf einmal quietschte sie auf und Jonas dachte im ersten Moment, sie wolle die Musik übertönen.

"IIIK! Wir müssen weg!", kreischte sie ihm ins Ohr.

"Was ist denn los?", fragte er, während sie ihn an einer Hand zum Ausgang zog.

"Neben mich hat sich eine Kollegin von mir gedrängt", erwiderte sie gehetzt und pflügte sich mit ihm ziemlich rücksichtslos durch die Menge.

"Hat sie dich erkannt?"

"Sicher! Die war mit Brugge schon mal zusammen und würde mich für ein Trinkgeld verpfeifen, SCHNELL!"

Draußen empfing sie ein eisiger Windstoß. Da sie den Transport mit dem Taxi planten, hatte Senta auf ihre Jacke verzichtet. Nun stellten sich in der Kälte ihre Nippel auf und sie versuchte, sie mit ihren verschränkten Armen zu beschützen und sich ein wenig zu wärmen. Jonas hielt

155

vergeblich nach einem Taxi Ausschau. Fürsorglich legte er einen Arm um sie und überlegte, ihr sein Sakko umzuhängen.

"HUCH!", erschrak sie und deutete auf die andere Straßenseite gegenüber der U-Bahn-Bögen. "Dort steht der Wagen von Brugge.

"Das kann doch nicht sein", widerstrebte es Jonas, ihr zu glauben.

"Doch, das ist sein Wagen, ich erkenne ihn doch an den extrabreiten Reifen. Oh Gott, wenn er mich sieht, dann bin ich so gut wie tot!"

"Reg dich doch nicht so auf, du lenkst mit deinem Verhalten doch nur seine Aufmerksamkeit auf dich, wenn er überhaupt in dem Auto sitzt und nicht auch in dem Tanzschuppen schwoft."

"Jonas, das ist kein Spaß, ich fürchte um mein Leben, um *unser* Leben!"

Beide rannten Richtung U-Bahn-Station. Zum Glück hatten ihre Stiefeletten nicht so hohe Absätze, sodass sie mit Jonas leicht mithalten konnte. Die Rolltreppe nach unten schien endlos, obwohl sie die Stufen regelrecht hinab stürmten. Die Leuchtanzeige verhieß den nächsten Zug in einer Minute - so eine Minute konnte gefühlt eine halbe Stunde dauern.

"Du hast mir gar nicht gesagt, ob du schon mal mit Brugge persönlich zu tun gehabt hast", flüsterte ihr Jonas am wenig bevölkerten Bahnsteig ins Ohr.

"Und ob", bejahte sie, "ich habe einmal etwas falsch gemacht und er hat mich im Auftrag von Kleindienst eingeschüchtert. Seine Visage hättest du sehen müssen. Stand einen halben Meter vor mir, ich roch, dass er irgendwas mit Knoblauch gegessen haben musste, als er mich feixend verspottete: *So ein Schnitzer sollte Ihnen nicht nochmal passieren, Fräuleinchen, sonst überleben Sie es nicht.*"

Die U-Bahn fuhr ein, wodurch ein schleifendes Geräusch ertönte, das sie zusammenzucken ließ. Der Fahrtwind wirbelte ihre pechschwarzen Haare durcheinander.

"Was war denn das für ein Fehler? Hattest du mit einer giftigen Chemikalie zu tun?", vermutete er eine Überreaktion von ihr, während er sich neben einigen andern Passagieren in den Waggon drängte.

"Nein, es ging um eine Versuchsreihe, die ich leider mit einem falschen Lösungsmittel fortgesetzt habe", berichtete sie, schmiegte sich schutzsuchend an ihn. Ihr Gesicht erschien ihm im Neonlicht wie aus Wachs. Und ihr Spiegelbild in den

157

dunklen Fensterscheiben der Bahn starrte ihn an. Sie setzte sich nicht hin, immer bereit sofort die Flucht zu ergreifen. "Wir sollten nicht in der Nähe deiner Wohnung aussteigen, denn wenn er mich erkannt hat, dann fährt er jetzt dorthin und lauert uns auf."

"Beruhige dich doch, du zitterst ja wie Espenlaub. Hier im Waggon ist es gar nicht kalt. Hast du wirklich solche Angst?"

"Das fragst du noch?" Ein Blick aus scheuen Rehaugen traf ihn mitten in die Seele. "Du hattest doch auch Angst, als er vor dir stand."

"Immerhin hat er noch keinen einzigen Schuss abgegeben."

"Das wird er, wenn er mich ins Visier bekommt. Verlass dich drauf!" Ihre Pupillen wanderten hin und her, nach einem Verfolger schielend, den sie unter den übrigen Fahrgästen vermutete.

"Wer weiß, was der Kerl heute für eine Verkleidung trägt", sinnierte Jonas. "Eventuell verbirgt er seine Gestalt hinter der hochgewachsenen Frau an der Haltestange."

Automatisch blickte sie dorthin. "Nein, seine breiten Schultern kann er sich nicht abgesägt haben. Verdammt, ich müsste mal für kleine Mädchen."

"Du, direkt an der nächsten Station wohnt mein Kollege Peckinger, der ist bestimmt noch wach und guckt den

Nachtfilm."

"Ich weiß nicht..."

"Besser als in ein U-Bahn-Klo einzukehren", insistierte er.

Der Zug hielt und sie eilten Hand in Hand zu den sich öffnenden pneumatischen Türen, am Bahnsteig warteten schon die Nachtschwärmer, die von ihrer Tour durch Wiens Lokale noch nicht genug bekommen hatten. Dazwischen fielen sie gar nicht auf, im Gegenteil, in ihrer abendlichen, aber dennoch dezenten Kleidung konnten sie - abgesehen von den vielen Kameraaugen - unbeachtet die Station verlassen.

16. Endstation Sehnsucht

Der freundliche Kollege Peckinger öffnete überrascht in einem beigen Hausanzug und Gesundheitsschlapfen. "Oh, so ein schönes Paar! Wenn ich gewusst hätte, dass ihr kommt, hätte ich mir noch schnell die Lackschuhe angezogen."

"Hallo Ritschi, entschuldige die späte Störung", begrüßte ihn Jonas. "Darf ich dir meine Freundin Senta vorstellen."

"Hallo, darf ich Ihre Toilette benutzen?", piepste sie total verschreckt.

"Sicher, zweite Tür links! Komm rein, Johnny!" Peckinger ging vor und räumte rasch ein aufgeschlagenes Buch vom Wohnzimmertisch.

"Hat dich Riasek wieder zu einer Rezi verpflichtet?", ahnte Jonas.

"Ja, meine Liebe zur Literatur ist grenzenlos, allerdings nicht zu solcher. Der Autor von dem Machwerk hat was von Handke, nämlich fehlenden Humor. Daher freut mich euer Besuch zu nachtschlafener Zeit."

"Du wirst dir denken können, dass was faul ist. Ich rück gleich mit der Wahrheit heraus: wir werden beide vom KGB gejagt."

"Du Witzbold! Setz dich erst mal." Peckinger pickte noch schnell einige Kleidungsstücke von den Sitzmöbeln zusammen und ließ diese in einem Schrank verschwinden.

Gern kam sein später Gast der Aufforderung nach und fläzte sich auf die gelbe abgewetzte Couch. "Ritschi, es ist leider echt jemand hinter Senta her, weil sie von ihrem Arbeitgeber sensibles Material gemopst hat."

"Konntest du ihn abhängen?"

"Ich glaube ja, allerdings weiß er jetzt leider, dass wir zusammen sind."

"Z, du erlebst auch immer so komische Sachen. Wenn ich da an deine Erlebnisse in England und Ägypten denke."

"Egal ob in der Fremde oder hier, mir läuft immer wieder jemand über den Weg, der mein Leben durcheinander

160

bringt."

"Scheint so. Wie kann ich euch helfen?"

"Null Ahnung, die Sache scheint mir zunehmend aussichtslos..." Mit beiden Händen bedeckte Jonas kurz sein Gesicht.

Senta schlurfte ins Wohnzimmer und sah sich unsicher um. "Wir wollen Sie nicht lange stören."

"Aber ihr stört doch nicht, ich werde erstmal einen Kaffee kochen, der hilft euch beim Wachbleiben", kündigte er an und schlapfte in die Küche.

"Wie konnte uns das miese Schwein nur finden?", fragte sich Jonas mehr selbst, als sie sich dicht neben ihn gesetzt hatte. "Ob er meine Wohnung nach dem Einbruch weiter überwacht hat?"

"Du hast mir doch gesagt, du hast von dem Pletovil erfahren, dass er mich jedenfalls Kleindienst melden würde. Wann hast du mit ihm telefoniert?"

"Ich war persönlich dort."

"PERSÖNLICH?", rief sie aus, als hätte er ihr einen unsittlichen Antrag gemacht. "Dann ist mir sonnenklar, warum Brugge mich gefunden hat. Nämlich über DICH!"

"Ja aber erst, nachdem DU mit Pletovil telefoniert hast wegen einem Termin, da du nicht wusstest, wie irre kadavertreu er ist, und ihn dadurch erst zur Alarmierung von deinem Opa aktiviertest", warf er ihr vor.

"NENN IHN NICHT MEINEN OPA!", kreischte sie empört.

"Senta, du hast den großen Fehler gemacht, dich an einen Patentanwalt zu wenden, der eng mit deinem Chef verbunden ist. Und außerdem: Solche Leute haben den sechsten Sinn-"

Ritschi kam eilends zurück, störte den aufkeimenden Disput und guckte erstaunt: "So jung verliebt und schon Zoff?"

"Entschuldigen Sie mein Benehmen", zirpte sie nun und schaute betreten auf ihre Stiefeletten, die zu dem teuren Jumpsuit eigentlich gar nicht passten.

"Wir sitzen in der Falle", fasste es Jonas zusammen.

"In deine Wohnung können wir jedenfalls nicht mehr, und ich hab meine Handtasche dort gelassen", ärgerte sie sich.

"Wir könnten zu meiner Oma fahren. Ich habe ihr ein winterfestes Gartenhäuschen gekauft. Dort gibt es auch immer ein freies Zimmer für mich."

"So eine alte Frau wird jetzt bestimmt schon schlafen."

"Da kennst du meine Oma schlecht, die lest immer bis in die sinkende Nacht hinein. Thriller, Krimis,

Gruselromane, praktisch alles, was ihr zwischen die Finger kommt, außer Science Fiction."

Peckinger stand schweigend da und sah ratlos von Jonas zu Senta und wieder zurück, unfähig, dem Sinn des Dialogs zu folgen, oder gar dazu beizutragen.

"Vielleicht sollten wir lieber in ein Hotel."

"Da müssen wir den Ausweis vorlegen", belehrte er sie.

"Oh, das hab ich ganz vergessen."

"Tja, du siehst scheinbar zu viele B-Movies aus den USA, so wie mein Chef."

"Nur ist das hier kein Film, Jonas, das ist die traurige Realität", erinnerte sie ihn.

"Richtig! Ich fühle mich so, als erlebe ich das größte Abenteuer meines Lebens."

"Hoffen wir, dass es nicht dein letztes Abenteuer wird." In einem Anfall von Gefühlsüberschuss klammerte sie sich an ihn.

Ritschi faste sich ein Herz und schlug vor: "Wollt ihr nicht doch lieber die Polizei zurate ziehen?"

"Nein", antwortete sie resolut.

"Die können doch nichts machen, wir haben keinen Beweis, nur Mutmaßungen und Nervenflattern", bekannte Jonas und entzog sich ihrer Umklammerung.

Richard Peckinger holte aus der Schublade einer antiken Kommode seine Autoschlüssel und reichte sie Jonas: "Hier, nehmt mein Auto und fahrt wohin auch immer, wenn ihr schon flüchten müsst. Mein Audi steht gleich unten vorm Schaufenster der Apotheke und hat ein paar PS extra eingebaut, damit könnt ihr euch sogar mit euren Verfolgern eine Jagd über die Autobahn liefern."

"Danke, Ritschi!" Jonas schnappte sich die Schlüssel und ging schon zur Wohnungstür.

Geschmeidig wie ein Panther erhob sich Senta und hauchte Peckinger zu: "Danke für Ihre Gastfreundschaft. Den Kaffee trinken wir ein andermal!"

Wenn man sich verfolgt fühlt, werden sogar Schatten, die von den eigenen Körpern im Licht der Straßenbeleuchtung geworfen werden, als Bedrohung wahrgenommen. Der Blutdruck steigt, die Nerven sind angespannt und der Adrenalinausstoß steigt ins Unermessliche. Normalerweise fühlte sich Jonas so bei einer Achterbahnfahrt im Wurstelprater, doch mit Senta an seiner Seite überwog bei ihm klar die Sorge um ihre Sicherheit. Die paar Meter zum Auto legten sie im Rekordtempo zurück, stiegen ein und er fuhr los. Die Fahrt verbrachte sie fast ausschließlich mit dem Kopf nach hinten gedreht, um den Verfolger rasch ausmachen zu können.

"Siehst du was Verdächtiges?", fragte er sie.

"Bis jetzt noch nicht, aber ich fühle es, heut ist Ultimo!"

"Hör auf, wir werden zusammen alt und grau und lassen uns dann auf Mallorca nieder", scherzte er. "Oder in der Schweiz. Das ist so ein Sehnsuchtsort von mir, seit mir mal eine liebe Tante eine Tafel Schweizer Schokolade geschenkt hat."

"Ach, Jonas, ich wünschte, wir hätten uns unter andern Umständen kennengelernt", bedauerte sie und streichelte seinen Oberarm. "Im Urlaub oder in einem Fitness-Club oder in einer Hütte hoch oben auf einer Alm."

"Na, du hast Wünsche. Das Wichtigste ist doch, dass wir uns überhaupt kennengelernt haben", lächelte er und griff ihr kurz aufs Knie.

"Vorsicht, lass beide Hände am Lenkrad", warnte sie und drehte sich wieder um.

"Du kannst doch nur Scheinwerfer hinter uns sehen."

"Oh nein, ich erkenne Brugges Karre sogar bei starkem Schneetreiben", behauptete sie.

"Wir sind gleich da, dann können wir uns endlich ausruhen von all dem

Stress und der Gefahr."

"Ausruhen können wir uns erst, wenn das Patent auf meinen Namen läuft, dann haben wir es geschafft", stellte sie fest.

"Endstation! Bitte alles aussteigen!", rief Jonas, nachdem er direkt vor dem Gartenzaun des Grundstücks seiner Oma geparkt hatte, und beobachtete mit schelmischem Seitenblick ihre Reaktion.

"Ich weiß, du willst mich aufmuntern, aber ich bin viel zu angespannt, um zu lachen."

"Komm, ich stell dich der nach dir wichtigsten Frau in meinem Leben vor."

Einmal klingeln genügte und ihnen wurde Einlass gewährt. In einem graugrünen Samthausanzug empfing sie Jonas' Großmutter und freute sich, dass er ihr seine neue Eroberung vorstellte.

"Oma, wir waren grad in der Gegend, das ist Senta, meine Verlobte", erklärte er mit einem verliebten Blick auf dieselbe, die gerade seiner Oma die Hand schüttelte.

"Freut mich, Sie endlich zu treffen, Jonas hat mir schon soviel von Ihnen erzählt", gab sie die übliche Floskel von sich.

"Das muss aber langweilig für Sie gewesen sein", scherzte die rüstige Dame.

"Ich hoffe, wir stören dich nicht, Oma?"

"Keineswegs, Burli! Was für eine nette Idee, mich hier in der Einöde zu besuchen", krächzte sie. "Leider habe ich Halsschmerzen, was bei der Kälte kein Wunder ist. Und da reden alle immer nur von Erderwärmung. Naja, die Welt ist krank und ich bin's auch. Mit zunehmendem Alter wächst die Menge meiner Ärzte und korrespondierend auch die Anzahl an Medikamenten, die in irgendwelchen Labors zusammengeschustert werden."

"Schon wieder einer dieser unglaublichen Zufälle", bemerkte Jonas. "Senta arbeitet in einem Labor."

"Na geh, so ein hübsches Mädel ist auch noch gescheit dazu. Macht's euch gemütlich auf der Bettbank, ich werde in der Küche ein paar belegte Brote zubereiten und eine Flasche Sekt köpfen."

"Machen Sie sich nur keine Umstände", lehnte Senta ab.

"Das sind keine Umstände. Wo habt ihr euch denn kennengelernt?"

"Das ist eine wilde Story, Oma, die erzähl ich dir ein andermal."

Beide setzten sich auf die Bettbank, auf der eine weiche hellgraue Tagesdecke ausgebreitet lag. Darüber hing mitten an der Wand ein Poster eines Fotos von Billy the Kid. Das hatte

Jonas in einem Möbelhaus für seine Oma gekauft, die Western so gern mochte.

"Ich bin so müde, ich könnte glatt hier einschlafen", behauptete Senta. "Ich geh schon mal in mein Zimmer und guck nach, ob das Bett auch frisch bezogen ist", flüsterte ihr Jonas zu, ließ sie allein und folgte seiner Oma in die kleine, aber funktionale Küche. "Oma, ich muss dir gestehen, dass meine neue Freundin von einem Schergen ihres Ex-Arbeitgebers verfolgt wird."

"Hört sich leicht paranoid an."

"Leider ist es die Wahrheit."

"Hat das was mit deinem Spionage-Einsatz bei deiner Konkurrenz zu tun?"

"Nein, das heißt ja auch. Ach, es ist kompliziert. Der Scherge stand schon mal vor mir. Sie hat sein Auto vor dem Chelsea erkannt und wir sind erst zu Peckinger per U-Bahn und dann mit dessen Wagen zu dir. Wenn dir die Sache zu gefährlich ist, dann gehen wir selbstverständlich."

"Nix da, ihr bleibt hier bei mir! Ich werde euch mit meinem Leben verteidigen", versprach sie und öffnete leise ploppend die Sektflasche. "Vorgestern ist bei einem meiner Nachbarn eingebrochen worden, da bin ich eh schon auf Alarmstufe Rot!"

Als sie beide ins Wohnzimmer zurückkehrten, stand Senta am Fenster und versuchte die Jalousien, die etwas weit auseinanderstanden, zuzuziehen. Im warmen Schein der Energiesparlampen des Lüsters wirkte sie zerbrechlich und schulmädchenhaft.

"Die Jalousie ist ein billiges Klumpert", stellte die Oma fest. "Ich werde mir bei Gelegenheit eine neue Teure kaufen. Trinkt auf mein Wohl, Kinder!"

"Wir haben es auch nötig", sagte Jonas und schenkte aus der Sektflasche in die Gläser ein, die seine Oma aus einer Vitrine geholt und auf dem Tisch vor der Bettbank abgestellt hatte. "PROST, meine Damen!"

Alle tranken den köstlichen Schaumwein und die Oma sagte noch "AAAHH!" und Senta setzte sich wieder hin. Ihre Hand, die das Glas hielt, zitterte leicht.

"Ich werde meinen Chefredakteur anrufen, dass ich morgen nicht zur Arbeit komme", fiel Jonas ein, und er zückte schon sein Handy.

"Doch nicht jetzt um die schlafwandlerische Zeit", schüttelte Oma ihr weißhaariges Haupt.

"Oma, lebst du neuerdings im Funkloch, ich kriege keine Verbindung", beschwerte sich Jonas mit Blick auf das Handy-Display.

"Daran kann ein Störsender schuld

sein!" In Sentas Ton lag aufsteigende Furcht.

"So ein Sender hat nur eine beschränkte Reichweite", wusste Jonas.

"Die Adresse hier, hast du die vielleicht gar in deinem gestohlenen iPhone gespeichert gehabt?", fragte sie nun mit sich fast überschlagender Stimme.

"Äh, ich weiß nicht, ich glaube, ich habe nur Omas Telefonnummer und - ah verdammt - ich hab ihre Adresse beim Blumenbestellen mal angeben müssen", fiel ihm ein. "Für den letzten Valentinstag."

"Licht aus, SCHNELL!" befahl Senta hysterisch. "Durch die Jalousien kann er mich ganz klar erkennen."

"Das ist unmöglich!", versuchte sie Jonas zu beruhigen, doch sie sprang schon auf.

Auf die kurze Distanz zum Lichtschalter passierte das Befürchtete in unglaublicher Schnelligkeit: Ein leises zischendes Geräusch ertönte, gefolgt von einem etwas lauteren Glassplittern - es schien sogar beides gleichzeitig erfolgt zu sein - und Senta sank getroffen zu Boden.

"Um Gottes Willen!", schrie Jonas, ging in die Knie, kroch auf allen Vieren zu ihr und hob ihren Oberkörper hoch. Ein Einschussloch unterhalb ihrer linken Brust ließ frisches Blut auf dem

Jumpsuit wie eine rote Blüte wachsen.

"SENTA!"

Seine Oma lief aus dem Zimmer.

"Er kommt rein, nachsehen, ob ich tot bin", röchelte sie noch mühsam, ehe sie die Augen verdrehte.

Und tatsächlich, ein lauter Krach verriet das Eintreten der Haustür. Ein paar Sekunden später stand Brugge im Zimmer und sah auf die Szene.

"SIE MÖRDER!", schrie ihn Jonas an.

"Idiot!", flüsterte Brugge, der diesmal keine Haftschalen trug und auch keinen Bart, dafür Weiningers Glock in der Pranke. In einem teuren Designeranzug stand er vor ihm. Es schien klar, dass der Nächste auf seiner Abschussliste Jonas selbst war, dem Senta eventuell Einzelheiten der sensiblen Daten hätte verraten können.

Kaltblütig legte er auf Jonas an. Die Stille, die für einen kurzen Moment herrschte, schien schon die ewige Stille im Grab vorwegzunehmen.

Jonas machte nicht den geringsten Fluchtversuch, da er ohnedies aussichtslos gewesen wäre.

Ein Schuss zerriss die Stille der Anspannung. Der Attentäter fiel tödlich getroffen zu Boden. Seine weiße Hemdbrust verunzierte ein sich rasch vergrößernder Blutfleck, ähnlich einer Blüte, genauso wie auf Sentas Brust.

Erschrocken sah Jonas von ihm in die Richtung, aus welcher der Schuss erfolgt war, und staunte: Da stand seine Oma mit einer Pistole in der Hand, aus welcher noch eine sich rasch verflüchtigende Rauchwolke entwich.

"Oma!"

"Ja, ich hab einen entwaffnenden Charme!"

"Das kann man wohl sagen. Wo hast du denn auf einmal die Waffe her?"

"Das ist die Wehrmachtspistole meines Vaters. Er kam gebrochen aus dem Krieg zurück und hat sie mir als einzige Hinterlassenschaft vermacht. Bisher hielt ich sie geheim in Ehren, hab sie nur hervorgekramt, wegen dem Einbruch beim Nachbarn. Deinetwegen muss ich sie jetzt abgeben, weil du dich wieder mit der falschen Frau eingelassen hast, du Dummerl."

Einem Seufzer ließ Jonas leise folgen: "Die Richtige gibt's scheinbar für mich nicht..."

Seine Oma seufzte ebenfalls: "Ich schaue genervt Richtung Herrgott und frage mich, wann du endlich vernünftig wirst und dich nimmer auf gefährliche Liebschaften einlässt!"

"Wie gern würd' ich ein Genie sein, Oma, aber ich bin's nicht."

"Sogar wenn du eins wärst - scheitert man nicht an der eignen Dummheit, scheitert man eben an der

Dummheit seiner Mitmenschen. Komm Burli, kränk dich nicht!"
Aus seinen Augen liefen Tränen, doch immerhin war er noch am Leben...

*** The End ***

Das vorliegende Buch ist bereits der fünfte Fall des Journalisten Jonas Jericho. Der erste Fall TODESPUNKT erschien im selben Verlag unter: ISBN 9783749483709
Der zweite Fall 'Agathas Geist ermittelt' erschien ebenfalls im selben Verlag unter ISBN 9783751980593
Der dritte Fall 'Agathas Geist in Ägypten' erschien ebenfalls im selben Verlag unter ISBN 9783752647792
Der vierte Fall 'Weihnachtsgift' erschien nur als eBook im selben Verlag unter ASIN: B09F3LDHGX
***
Ebenfalls erhältlich und bei der Leserschaft beliebt:
Der Wahnsinn möglicherweise - Humorvoller Roman
Soziopathen sterben selten - Kurzgeschichten
Kurz & Krass - Kurzgeschichten
Aufruhr - Kurzgeschichten
Mörder machen Fehler - Rätselkrimis für Spürnasen
ZIVILFLUG ZUM ZEITRISS - SF-Roman

Der 4. Versuch - SF-Roman
EINFACH GRANDIOS - SF-Satire
Terrormond Titan - SF-Roman
Verbotene Gelüste - erotischer SF-
Roman
Kosmischer Kontakt - SF-Roman
SOHN oder Orwellsche Odyssee -
Jugendbuch
Sherlock Holmes im All - Pastiche -
Hörbuch
Ägyptens Fluch - Abenteuerroman
Haus mit Verstand - Roman über KI
Reisetagebücher - Quer durch
Südamerika bis in die USA

***

S. Pomej hat aus Interesse an der
menschlichen Natur Psychologie
studiert und lässt die erlernten
Störungen plus eigener Erfahrung mit
kranken Zeitgenossen, die immer
wieder unerwünscht auftauchen, in
spannende Bücher und
Kurzgeschichten sowie lustige Comics
einfließen.
Website: pomej.blogspot.com

***

© 2023 S. Pomej

Herstellung und Verlag: BoD –
Books on Demand, Norderstedt

ISBN: 9783738643817